現代日語常用句型

以中高級日語為中心

JAPAN

本書針對的主要對象為受過大學日語教育者、欲參加日語能力
測驗者、需要活用日語或就業的學習者。

江雯薰・著

序

　　近年來坊間出版了許多針對中高級的日文教科書，特別是為了讓參加日語能力測驗的考生更有效地學習，出版了許多問題集。此類工具書鮮少能讓學習者有效率、有系統地複習。本書為了能讓學習者能自行複習，並補強不懂之處，基本上依「接續」、「意思」、「例子」、「說明」這四個項目來說明每個句型的用法。具體地說，「接續」是明示句型前面所接續的詞類及規則；「意思」為句型所表的日文及中文意思；「例子」是運用句型所造的句子，以訓練讀者靈活運用的能力；「說明」是句型的文法解析，此包含了字典裡沒有記載的文法，也涵蓋了課堂上老師授予的內容，能培養掌握基礎文法的能力。另外，若有易混淆或相似的句型則增添「注意點」這個項目來做比較及分析，以明示其差異。最後，在附錄中，列舉各個句型的典型例句做綜合練習，讓學習者加深印象與應用，以達事半功倍的學習成效。

　　本書針對的主要對象為：受過大學日語教育者、欲參加日語能力測驗者、需要活用日語或就業的學習者。

　　此書所羅列的句型，能讓學習者有效率地瞭解，並且提升學習者寫作的流暢度，以及提升閱讀長篇文章的能力。讀者可將此書視為一般的教科書，對於整體學習是很有幫助的。

表記一覧表

以下為本書所羅列的句型前面所接續的詞類形態表。

品詞	接続する形	例
名詞	名詞	〔挨拶〕がてら
	名詞の	〔学生の〕うちは
	名詞である	〔職人である〕が故に
	名詞であろう	〔社長であろう〕とも
い形容詞	い形容詞(～い)	〔近い〕とあって
	い形容詞(～いこと)	〔腹立たしいこと〕極まりない
	い形容詞(～い→く)	〔安く〕たって
	い形容詞(～い→かった)	〔聞けばよかった〕ものを
	い形容詞(～い→かろう)	〔高かろう〕が
	い形容詞(～い→ければ)	〔おいしければ〕こそ
な形容詞	な形容詞(～だ)	〔無礼〕極まりない
	な形容詞(～だ→な)	〔病弱な〕こととて
	な形容詞(～だ→なこと)	〔迷惑なこと〕極まりない
	な形容詞(～だ→だろう)	〔優秀だろう〕が
	な形容詞(～だ→であろう)	〔丈夫であろう〕とも
	な形容詞(～だ→である)	〔便利である〕が故に
	な形容詞(～だ→であれば)	〔健康であれば〕こそ
動詞	動詞ない形	〔降ら〕ないうちは
	動詞意向形	〔降ろう・来よう〕とも
	動詞ます形	〔信じ〕がたい
	動詞て形	〔祈って〕やまない

	動詞た形	〔失った〕が最後
	動詞ている形	〔勉強している〕ところを
	動詞辞書形	〔帰宅する〕が早いか
	動詞ば形	〔生きていれば〕こそ
その他	普通形 1. 名詞：学生だ・学生だった・学生ではない・学生ではなかった 2. い形容詞：おいしい・おいしかった・おいしくない・おいしくなかった 3. な形容詞：便利だ・便利だった・便利ではない・便利ではなかった 4. 動詞：行く・行った・行かない・行かなかった	〔真犯人だ・美しい・複雑だ・失敗する〕とは
	引用文	〔ほどほどにしろ・最初からするな〕といったところだ

contents

〜あっての

接続：〔名詞〕あっての

意味：〜からこそ成り立つ。〜があって初めて成立する。

　　　有〜才〜；沒有〜就不能〜。

用例：

1. 親あっての子、子あっての親。

　　　有父母才有孩子，有孩子才有父母。

2. 健康あっての幸せだ。

　　　有健康才有幸福。

3. それは考えあっての行動だ。

　　　這是經過思考才做出的行動。

4. 命あっての経済であり、国民あっての国であり、逆はあり得ない。

　　　有生命才有經濟，有國民才有國家，反之則不然。

5. 今の自分の幸せは、過去の苦労あってのものだと思う。

　　　我認爲自己現今的幸福就是因爲有過去的辛苦才有的東西。

説明：以「名詞Aあっての名詞B」的形態表「因爲有名詞A，名詞B才會成立」的意思，隱含著「若沒有名詞A的話，名詞B就不會成立」的意思。前文爲後文成立的前提及條件，也就是説，若沒有前文的存在，後文就不存在。前文多半是表受到恩惠、愛護、照顧等等的詞。因此，前面接的詞多半爲説話者覺得不可或缺的意思，強調其意義或是恩惠。

〜うちは

接続：〔名詞の／い形容詞（〜い）／な形容詞（〜だ→な）／動詞辞書
形・ている形〕うちは

〔動詞ない形〕ないうちは

意味：〜の時は。〜しない時は。

在〜的時候；在還沒〜的時候。

用例：

1. 学生のうちは好きなことに打ち込んだほうがいい。

   趁還是學生時，熱衷投入喜歡的事情比較好。

2. 若いうちはいろいろと体験したほうがいい。

   趁年輕時多多體驗比較好。

3. 元気なうちは働きたい。

   想要趁身體健康時工作。

4. 親がいるうちは親に甘えるのも親孝行の一つだ。

   父母健在時對父母撒嬌也是一種孝順。

5. 迷っているうちは買わないほうがいい。

   猶豫不定的時候，不要買比較好。

6. 新任地に慣れないうちは頭痛や耳鳴りがひどかった。

   還沒習慣新的工作環境時，頭痛和耳鳴非常嚴重。

説明：表「某狀態不變，還一直持續著」之意，此多和「結束之後的狀
態」的場合做比較。例如「健康なうちは」是和「健康でない」

的場合做比較。

　　　關於前接的品詞，當接動詞時多使用ている形，若接動詞辭書形時多為像「いる」這類表狀態的動詞，或是像「考える」、「話す」這類不管是辭書形或ている形其所表意思都差不多的動詞。

　　　另外，前接動詞ない形時，表「在還沒〜的時候」，如例6；也可前接名詞ない形但很少用，如「成年でないうちはタバコを吸ってはいけない（未成年不行抽菸）」。

　　　還有，當前面接名詞時，要像「夏休み」這類具有一定時間長度的名詞，或像「交涉」這類具有動作性的名詞。

1. 夏休みのうちは早起きをしなくてもいい。

　　暑假期間不用早起也沒關係。

2. 校舎が未完成のうちは立ち入ってはならない。

　　校舍尚未完成時不要進入。

～及<ruby>及<rt>およ</rt></ruby>び～

接続：〔名詞〕及び〔名詞〕

意味：並びに。〈それから〉又。且つ。～と～。

以及；及；和。

用例：

1. 国語、数学及び英語は必修です。

   國語、數學及英語是必修的。

2. ビザの更新には身分証明書及び写真が必要です。

   更新護照必須有身分證及照片。

3. 動物の愛護及び管理に関する条例は多くの自治体で制定されている。

   愛護動物及相關管理條例由許多自治團體所制定。

4. 大学案内及び募集要項はホームページに掲載されている。

   大學導覽及招生事項刊載在首頁。

5. 現在のところスタッフ及びそのご家族に被害があったとの報告は受けておりません。

   到現在都還沒收到工作人員及其家屬受害的報告。

説明：用在陳列類似事物上，屬於文章體。

〜限りだ_{かぎ}

接続：〔名詞の／い形容詞（〜い）／な形容詞（〜だ→な）〕限りだ

意味：非常に。これ以上ないほど〜だ。

　　　非常〜。

用例：

1. 今後、この国がどう進むのか心配の限りだ。

　　　對於今後國家要如何進展這件事非常擔心。

2. こんなすばらしい賞をいただけるなんて、光栄の限りだ。

　　　能夠得到這麼棒的獎，非常光榮。

3. 久しぶりに親友に会って、うれしい限りだ。

　　　見到久違的好朋友，非常高興。

4. 彼女は仕事も恋愛もうまくいっていて、羨ましい限りだ。

　　　她工作和戀愛都很順利，令人感到羨慕。

5. 合格できなくて、残念な限りだ。

　　　因爲無法考上，感到非常遺憾。

説明：表「現在感到非常〜」的心理狀態，因爲是表説話者的心情，所以幾乎不使用在第三人稱。所敍述的並非事物的性質，而是説話者的感情。

〜が最後（さいご）

接続：〔動詞た形〕が最後

意味：一旦〜をしたら、よくない結果になり、もう元に戻ることが
　　　できない。

　　　一旦〜就無法〜；既然〜就無法〜。

用例：

1. 信頼関係は、一旦失ったが最後、昔のように戻らない。

　　一旦失去信賴關係，就無法回復像從前一樣。

2. 極道の道を選んだが最後、もう取り返しがつかない。

　　既然選擇了黑道，就無法再回頭。

3. この組織に入ったが最後、もう出ることはできない。

　　一旦進入這個組織之後，就無法出來。

4. ネットゲームに嵌ったが最後、もう抜けられなくな
　　ってしまった。

　　一旦沉迷於網路遊戲就無法自拔。

5. 十年前に結婚のチャンスを逃したが最後、二度と訪
　　れることはなかった。

　　十年前流失了結婚的機會後，就再也沒有出現過了。

説明：表「一旦做什麼就無法恢復原狀」的意思，即「一開始做〜之
　　　後，不管發生什麼事都不會改變」，後文為表說話者的意志或必
　　　然會發生狀況的表現。

注意点

「〜が最後」也可表「做一次〜之後就〜」之意。

1. 学校から戻って遊びに行ったが最後、夕飯まで戻ってこない。

從學校回來，跑出去玩之後，到晚餐都一直沒回來。

2. 彼は布団に入ったが最後、朝まで絶対に起きない。

他一旦進入棉被，不到早上絕不起床。

〜がたい

接続：〔動詞ます形〕がたい

意味：その動作の実現が困難である。

難以〜；不可〜；不能〜。

用例：

1. 難病が治ったとは信じがたい。

   難以相信重大疾病已治好。

2. 若者の考え方は理解しがたい。

   難以理解年輕人的想法。

3. 彼女の美しさは言葉では形容しがたい。

   她的美無法用言語形容。

4. 不況の中で、事業の拡張は提案しがたい。

   在不景氣的情況下難以提案擴展事業。

5. 世界の金融危機は解決しがたい。

   世界的金融危機難以解決。

説明：表「做〜是困難的、不可能的」之意，多使用在表達心理上不可能做到的時候。前文多出現「信じる」、「許す」、「言う」、「理解する」、「想像する」、「受け入れる」等與認知、發言相關的動詞。不過，不使用在能力上或物理上無法做到的場合，例如：

1. ×歯が痛いので、話しがたい。

   因牙痛難以開口説話。

2. ×鍵がしまっているので、帰りがたい。

   因門鎖住難以回家。

〜かたわら

接続：〔名詞の／動詞辞書形〕かたわら

意味：〜しながら。主となることをする一方。合間に。

一邊〜一邊〜；同時還〜。

用例：

1. 会社の仕事のかたわら、英会話を習っている。

   一邊工作一邊學英語會話。

2. 化学肥料が配給されるかたわら、改良品種や、進んだ農業技術を導入したので、収穫が増えた。

   因為一邊補給化學肥料，一邊引進改良品種及先進的農業技術，因此收穫量增加。

3. 彼は現在、TV局に勤めるかたわら、創作活動にも従事している。

   他現在一邊在電視台工作，一邊從事創作活動。

4. 彼は農牧事業に携るかたわら、社会貢献にも努めました。

   他一邊提攜農牧事業，一邊致力於社會貢獻。

5. 私は工場で働くかたわら、夜は塾で経理の勉強をしている。

   我一邊在工廠工作，晚上一邊在補習班學會計。

説明：表「在做〜的同時做〜」之意，前文是重點，後文是附帶的。一

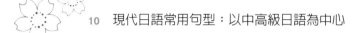

般前面出現「對某人來說是主要的工作」這樣的句子，後面出現和主要工作不同的社會性活動。另外，「かたわら」也有接續詞的用法。

注意点

「かたわら」和「ながら」做比較時，「かたわら」多使用在長期持續的事態上，或者是在職業、立場等等能兩者兼顧的場合。「かたわら」前面出現的內容是指某人本來從事的工作。還有，不能使用在兩個動作同時並列進行的場合，此時要用「ながら」，例如：

1. ○食べながら、テレビを見る。

　　邊吃邊看電視。

2. ×食べるかたわら、テレビを見る。

　　吃東西順便看電視。

〜がてら

接続：〔名詞／動詞ます形〕がてら

意味：ある事柄をするときに、それを機会に他の事柄をもする。〜のついでに。

順便〜：在〜同時；藉〜之便。

用例：

1. 緑の豊かな地区なので、ゆったりした気分で散歩がてら買い物ができる。

   因爲在綠意盎然的地方，故能以舒暢的心情邊散步邊購物。

2. 先日、彼の実家へ挨拶がてら遊びに行ってきました。

   前幾天到他的老家打招呼，順便去玩。

3. 英語の勉強がてら、洋画を見ました。

   藉由看電影學英文。

4. 仕事ならびにその他の事でお悩みの方、遊びがてら気軽にお越しください。

   因工作或其他事情而煩惱的人，請放鬆地來這裡玩。

5. そのホテルの温泉には食事がてら立ち寄って見ました。

   前來用餐的同時順便看看那家飯店的溫泉。

說明：「がてら」是表「做某行爲時同時擁有兩個目的」或「做某事時其結果是兩件事都能兼備」的意思，多使用在會話。前文是後文

所要達成的目的。在做前文時順便做後文，前後文必須是同一主詞。「がてら」前面多出現像「買い物」、「歩く」、「行く」、「散歩」等等表動作、移動的動詞或名詞。

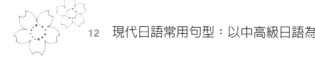

注意点

「かたがた」「ついでに」「をかねて」爲「がてら」的類義語。

1. 「かたがた」的前後爲同等程度的目的，多使用在書信或者是正式場合。前接名詞，多接在「お礼」、「お詫び」、「ご挨拶」、「ご報告」等等名詞之後。

⑴ まずはお手紙にて、お礼かたがたご挨拶申し上げます。

先在信中道謝順便問候。

⑵ 先ずはお詫びかたがたご報告いたします。

先跟您道歉順便報告。

2. 「ついでに」前接「名詞の／動詞辞書形・た形」，用在「利用～機會順便做～」的場合。前文爲主要行爲，後文爲附帶行爲。前接名詞時爲具有動作性的名詞，如「買い物」、「掃除」等。

⑴ 買い物のついでに公園を散歩して帰ってきた。

買東西順便去公園散步回來。

⑵ 自分の部屋を掃除するついでに台所も掃除した。

打掃自己的房間時順便也打掃一下廚房。

(3) 写真展に行ったついでに、本屋にも寄ってきた。

去了照相展的同時也順便去了書店。

3. 「をかねて」前接「名詞/動詞辞書形＋の」，表「後文為本來的目的，但連前面的也順便一起做」之意，前後為同等程度的目的。

(1) 忘年会を兼ねて、先生のお誕生日パーティーを開くことになった。

舉辦老師生日會的同時也順便辦年終會。

(2) 英語の勉強を兼ねて、イギリス人の友達と文通している。

與英國朋友通信的同時也順便學習英文。

(3) 先生のご還暦を祝うのを兼ねて、同窓会を企画した。

慶祝老師六十大壽的同時也順便計畫同學會。

〜が早_{はや}いか

接続：〔動詞辞書形〕が早いか

意味：〜するとすぐに〜。

　　　剛一〜就〜。

用例：

1. 彼_{かれ}は食事_{しょくじ}が終_おわるが早_{はや}いか、出_でかけていった。

　　他一吃完飯就出門了。

2. 彼_{かれ}が帰宅_{きたく}するが早_{はや}いか、雨_{あめ}が降_ふり出_だした。

　　他一回家就下起雨來了。

3. 洗濯物_{せんたくもの}を干_ほし終_おわるが早_{はや}いか、外_{そと}で大雨_{おおあめ}が降_ふり始_{はじ}めた。

　　衣服曬完後，外面馬上下起大雨。

4. 彼_{かれ}は毎晩家_{まいばんいえ}で食事_{しょくじ}するが早_{はや}いか、寝_ねてしまうので、まるで豚_{ぶた}のようだ。

　　他每晚在家一吃完飯就睡覺，簡直就像豬一樣。

5. その男_{おとこ}が舞台_{ぶたい}に登場_{とうじょう}するが早_{はや}いか、拍手_{はくしゅ}がわき起_おこった。

　　那名男子一登上舞台，大家就開始鼓掌。

説明：「が早いか」是描寫現實所發生的事，不使用在自己的事情上。

　　　因此，前後文都爲現實中已發生的事態，且幾乎同時發生。接在表瞬間性的動詞之後，後面會出現表稍微意外的事實，因此不會出現表說話者的希望或意向等之類的句子。它和「や（否や）」、「途端（に）」爲類義表現且都是屬於文章體。

注意点

　　表前後事態幾乎同時發生的句型除了「〜が早いか」之外，還有「瞬間（に）」、「途端（に）」、「や（否や）」、「なり」。以下是各個句型的用法説明。

1. 「瞬間（に）」用在客觀敘述兩件事態幾乎同時發生的場合。其前面可接動詞辭書形和た形，接動詞辭書形時後文比前文早發生，如例⑴；接動詞た形時前文比後文早發生，如例⑵。接動詞た形的場合與「途端（に）」、「や（否や）」、「なり」相似。

   ⑴ 花瓶が倒れる 瞬間に、手でそれを支えた。

   　　花瓶要倒的一瞬間用手將它扶住。

   ⑵ ホームランを打った 瞬間、歓声が上がった。

   　　打出全壘打的一瞬間歡呼聲響起。

2. 「途端（に）」表事先未料及的事態突然發生的意思。內含説話者出乎意料的驚訝態度。

   ⑴ 吊橋を歩き出した途端、彼女は足がすくんだ。

   　　步出吊橋的一瞬間，她的腳變得僵硬了。

   ⑵ 彼女は権力のある人に会った途端、態度が変わる。

   　　她一見到權力者時態度就變。

3. 「や（否や）」的後文為動作者的意志性動作。多內含動作者的等候、等待、盼望、期待等心理。

   ⑴ 家に帰るや否や、犬が飛び掛ってきた。

   　　一回到家，狗就撲上來。

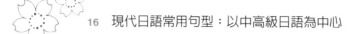

(2) 彼はオフィスに入るや否や、すぐに仕事の準備を始めた。

　　他一進辦公室就馬上開始準備工作。

4. 「なり」的後文可為意志性動作或非意志性動作。

(1) 彼は帰宅するなり、テレビをつけた。

　　他一回到家就開電視。

(2) 彼は彼女を一目見るなり、すっかり魅せられてしまった。

　　他一見到她就完全被迷上了。

～から～に至るまで

接続：〔名詞〕から〔名詞〕に至るまで

意味：何から何まで、～全部が～。

従～到～都～。

用例：

1. 大昔から現代に至るまで、火は我々の生活に役立っている。

   從很久以前到現在，「火」在我們生活中都是有用的。

2. 日本では、沖縄から北海道に至るまでどこでも米が生産されている。

   在日本，從沖繩到北海道，無論哪裡都生產米。

3. 昨日のマラソン大会には、下は7歳から上は70歳に至るまで500人もの人々が参加した。

   昨天的馬拉松大會，從七歲到七十歲，有五百多人來參加。

4. 昨夜10時ごろ、近畿から関東に至るまで地震の揺れが感じられた。

   昨晚十點左右，從近畿到關東都感覺到地震的搖動。

5. 協議会廃止決定から廃止に至るまで一ヶ月ぐらいかかった。

   從決定廢止協調會到正式廢止爲止，約經過一個月的時間。

説明：明示起點和終點，表其範圍之大，屬於文章體。

〜からある〜

接続：〔名詞〕からある〔名詞〕

意味：前から存在する。

　　　從〜就存在。

用例：

1. この駄菓子は昔からある味だ。

　　這個粗點心是從以前就有的味道。

2. 『味噌カレー牛乳ラーメン』は、40年以上前からある名物らしい。

　　味噌咖哩牛奶拉麵聽説是四十年以前就有的名產。

3. ここの学校の発表会は戦前からある伝統行事だ。

　　這所學校的發表會是從戰前就有的傳統儀式。

4. 桜のお花見は平安時代からある習慣だ。

　　賞櫻花是從平安時代就有的習慣。

5. 日本の花火大会は江戸時代からある夏の風物詩だ。

　　日本的煙火大會是從江戸時代就有的夏日風情。

説明：若「〜からある」接在如「昔」、「戦前」這類表時間等名詞之後時，表「從〜時候就存在」之意。

～からする～

接続：〔數量詞〕からする〔名詞〕

意味：～かそれ以上の数・量である。

　　　有～：值～。

用例：

1. ここは3000万円からする住宅地だ。

　　這裡是三千萬起跳的住宅區。

2. デパートで売っている 2万円からする食器は高くて手が出ない。

　　在百貨公司販售的兩萬元起跳的餐具，因太貴而無法買下。

3. 一式100万円からするゴルフセットは普通の人には買えない。

　　一套一百萬起跳的高爾夫球具，是普通人買不起的。

4. 新しく開発された一本5万円からする万年筆のシリーズは人気を集めている。

　　新開發的一支五萬元起跳的鋼筆系列產品吸引了人氣。

5. この骨董品は清朝の物で、買うとなると 100万円からします。

　　這個骨董是清朝的東西，若買的話要一百萬日幣起跳。

説明：接在表具體金額之詞的後面，表數量之多、強調價格高之意。

　　　「～からする」之後也可不加名詞，如例5。

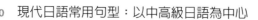

注意点

　　「～からある」也可接在表數量的詞後面，表「有～以上之多」之意，來強調其量之多。此時的「～からある」與「～からする」用法相似。另外，關於接續方式，有如例1、2這樣其後可接名詞的場合，也有如例3這樣不接名詞的場合。

1. 200キロからある相撲選手を間近で見て驚いた。

　　就近看到有二百公斤以上的相撲選手而感到驚訝。

2. 台風で10メートルからある大木が倒れてしまった。

　　十公尺以上的大樹因颱風而倒下來了。

3. この老舗の和菓子は100種類からある。

　　這家老店的日式點心有一百種以上。

〜嫌きらいがある

接続：〔名詞の／動詞辞書形〕嫌いがある

意味：〜する傾向がある。好ましくない傾向。

有〜（不好）傾向。

用例：

1. その言葉ことばはちょっと褒ほめすぎの嫌きらいがある。

   那句話有點過於讚美的傾向。

2. 彼かれには独断専行どくだんせんこうの嫌きらいがある。

   他有獨斷獨行的傾向。

3. 一人ひとりで勉強べんきょうすると、怠なまける嫌きらいがある。

   當一個人念書時會有怠惰的傾向。

4. 彼女かのじょは好すきなものを食たべすぎる嫌きらいがある。

   她對喜歡的食物有吃過多的傾向。

5. 彼かれは注意ちゅういされることを嫌いやがる嫌きらいがある。

   他有不喜歡別人給予警告的傾向。

説明：表「擁有〜傾向」或「容易變成〜傾向」的意思，前文出現不喜好的性質或傾向以表達批判性態度，常和「すこし」、「やや」、「どうも」、「いささか」等副詞一起使用，爲文章體。對於自身的事多使用「〜がち」，不太使用「〜嫌いがある」。

〜極（きわ）まりない

接続：〔名詞／い形容詞（〜いこと）／な形容詞（〜だ）・（〜だ→な
　　　こと）〕極まりない

意味：かぎりない。この上なくはなはだしい。

　　　極其〜：非常〜。

用例：

1. 彼（かれ）は無礼（ぶれい）極（きわ）まりない態度（たいど）で先生（せんせい）に反論（はんろん）した。

　　他用非常無禮的態度反駁老師。

2. 今年（ことし）の春先（はるさき）は変幻（へんげん）極（きわ）まりない天気（てんき）で風邪（かぜ）を引（ひ）いた人（ひと）
　　が増（ふ）えた。

　　今年初春因為非常變幻莫測的天氣而感冒的人增加了。

3. 彼（かれ）は彼女（かのじょ）の馬鹿馬鹿（ばかばか）しいこと極（きわ）まりない考（かんが）え方（かた）に降（こう）
　　参（さん）した。

　　他對她非常愚蠢的想法投降。

4. 深夜（しんや）大（おお）きな音（おと）で音楽（おんがく）を聞（き）いている迷惑（めいわく）なこと極（きわ）まり
　　ない若者（わかもの）がいる。

　　在深夜大聲聽音樂的年輕人非常令人困擾。

5. 非常識（ひじょうしき）な相手（あいて）に振（ふ）り回（まわ）されて、腹立（はらだ）たしいこと極（きわ）ま
　　りない。

　　被沒有常識的對手耍得團團轉，感到非常生氣。

説明：強調極限的狀態，多使用在負面評價的事態，屬於較正式的説法，爲文章體。多接在「贅沢」、「勝手」、「失礼」、「不愉快」、「危険」、「平凡」等詞後面。另外，可像例1～4這樣，其後可接名詞，此時形容其名詞「非常～」的程度。

～極まる

接続：〔な形容詞（〜だ）〕極まる〔名詞〕

意味：ぎりぎりの状態までいく。限度・限界に達する。この上な
　　　く〜である。

　　　極其〜：非常〜。

用例：

1. 彼女は身勝手極まる態度を取るので嫌われている。

　　她因非常任性的態度而被討厭。

2. 彼は社長に失礼極まる発言をして首になった。

　　他對社長説出非常失禮的話而被開除。

3. 極上のフカヒレスープは贅沢極まる料理だ。

　　極品的魚翅湯是超奢華的料理。

4. 彼はハワイで豪華極まる結婚式を挙げた。

　　他在夏威夷舉行了超極豪華的婚禮。

5. 原発ゼロは無責任極まる発言である。

　　「無核」是非常沒有責任的發言。

説明：後多接名詞，強調其極限的狀態，多使用在負面的事態，屬於
　　　較正式的説法。「極まる」多接在「勝手」、「失礼」、「贅
　　　沢」、「豪華」、「無責任」等詞之後。另外，「感極まる」是
　　　慣用用法。

〜如し
ごと

接続：〔名詞の〕如し

　　　　〔名詞である／な形容詞（〜だ→である）／動詞辞書形〕が如し

意味：比喩的に、同等・類似の意を表す。〜と同じだ。〜のとおり

　　　だ。〜のようだ。

　　　似〜：就像〜。

用例：

　　　1. 光陰矢の如し。
　　　　　こういん や　　ごと

　　　　光陰似箭。

　　　2. 人生は芝居の如し。
　　　　　じんせい　しばい　ごと

　　　　人生如戲。

　　　3. 彼の威厳ある態度は一国の王であるが如し。
　　　　　かれ　いげん　　たいど　いっこく　おう　　　ごと

　　　　他具有威嚴的態度宛如一國之君。

　　　4. 赤貧洗うが如し。
　　　　　せきひんあら　ごと

　　　　一貧如洗。

　　　5. 過ぎたるは猶及ばざるが如し。
　　　　　す　　　　なおおよ　　　　ごと

　　　　過猶不及。

> 説明：「〜如し」多用在諺語、慣用句上，在口語中多用「ようだ」。

🐚 注意点

1. 「〜如き」：「〜如き」前接表「人」的詞，含有輕視的意味；

若前接「わたし」時，則表謙虛的意思。後接的名詞若省略的話，則含有「沒什麼大不了」的輕視意思。其接續爲「〔名詞〕如き」。

(1) 子供ごときが大人の話に割り込むな、と祖父に叱られた。

　　被祖父罵説不要像小孩般打斷大人的談話。

(2) 私ごときが社長の前で発言などできない。

　　如同我無法在社長面前發言等。

(3) 今では結核ごときは治せる。

　　當今結核病是能治好的。

2.「～如く」：表兩件事内容相同，與「ように」的意思用法相同，爲舊式文章體。其接續爲「〔名詞の〕如し」或「〔名詞である／な形容詞（～だ→である）／動詞辞書形〕が如し」。

(1) 真夏の昼過ぎのごとく人通りがなかった。

　　就如同盛夏的午後杳無人跡。

(2) 彼女は赤ん坊のごとく泣き叫んだ。

　　她像嬰兒般地哭鬧。

(3) 彼は不満であるがごとく、しぶしぶ返事をした。

　　他好像不滿地勉強回答。

〜こととて

接続：〔名詞の／い形容詞（〜い）／な形容詞（〜だ→な）／動詞辞書
　　　形・た形〕こととて

意味：〜だから、それだけ〜だ。〜だけあって。

　　　因爲〜。

用例：

1. 年をとってからできた子供のこととて、可愛くてしかたがない。

　　　因爲老年得子的關係，覺得孩子格外可愛。

2. 経験者が多いこととて何も心配は要らない。

　　　因爲有經驗的人很多，所以不用擔心。

3. 病弱なこととて、家に籠もりがちだ。

　　　因爲身體虛弱所以常關在家中。

4. 念を入れたこととて、よい仕上がりだ。

　　　因爲用心所以做得很好。

5. 慣れぬこととて失敗してしまった。

　　　因爲不習慣所以失敗了。

説明：多用在敘述道歉的理由或尋求原諒的時候，屬於較舊、較正式的
　　　說法，爲「〜ことだから」的文章體。前可接動詞否定形的古文
　　　寫法「ぬ」形，如例5。

注意点

　　「～ことだから」前接表人或組織的詞時，就變成敘述成為話題人物的性格，或從日常行為判斷事情這樣的表現。後文多出現尋求道歉、原諒的詞，用在敘述道歉的理由。句尾多出現「～だろう」「～に違いない」等推量表現。

1　親切な彼女のことだから、頼めばきっと助けてくれるだろう。

　　因為她很親切，如果拜託她的話一定會幫忙的吧。

2　真面目な彼のことだから、約束を守るに違いない。

　　因為他很認真，所以一定會遵守約定。

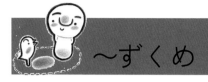

～ずくめ

接続：〔名詞／動詞ます形〕ずくめ

意味：そればかりである。～ばかりの～。

　　　清一色～；全是～；都是～；不斷地～。

用例：

1. 最近、警察は黒ずくめの組織を徹底的に調査している。

　　最近警察徹底清查黑道組織。

2. 年明けから幸運ずくめでニヤニヤしてしまう。

　　爲新年以來好運不斷而感到得意。

3. 今回の人事は異例ずくめで戸惑っている人が多かった。

　　這次的人事因盡是些特殊案例而感到困惑的人很多。

4. いいことずくめの玉ねぎをたくさん食べたほうがいい。

　　百益無害的洋蔥應該多吃。

5. 来日してからうれしいことずくめで毎日が楽しい。

　　來日本之後盡是高興的事而每天都很快樂。

説明：表「盡是～」或「某事接連不斷發生」的意思。接在名詞或名詞句之後，表「身旁盡是～」。多使用在「黒ずくめ」、「いいことずくめ」、「うれしいことずくめ」、「異例ずくめ」、「会議ずくめ」、「ごちそうずくめ」這些慣用的表現。另外，也有將動詞ます形作爲名詞的用法，如「働きずくめ」，或是用「～こと」如例4、5。

〜ずにはおかない

接続：〔動詞ない形〕ずにはおかない

意味：必ず〜する。

必然做〜。

用例：

1. これは人を感動させずにはおかない作品だ。

   這是部感人肺腑的作品。

2. この勝利は平和を愛する人々を喜びに沸き立たせずにはおかない。

   這場勝利使愛好和平者感到非常高興。

3. オーロラの美しさは見る人に感動を与えずにはおかない。

   極光的美給予觀看的人感動。

4. 我々はいかなる手段をもってしても、敵を撃退せずにはおかない。

   無論用什麼手段我們都必須擊退敵人。

5. あの天才は世の中が見捨てずにはおかない。

   那個天才必然被世人遺棄。

説明：表「事態、行動被引發出來」的自發作用，或「一定要〜」這種強烈的心情、慾望、方針等。不管本人的意志而引發某狀態和行爲，其多用在感情的變化等自發性的作用上。

注意点

　　　「〜ないではおかない」為其類義語，前接動詞ない形，表「不會不〜」之意，此時為與本人意志無關，而引起的某狀態或行動。

1. 与党と野党の争いは、国全体を巻き込まないではおかないだろう。

　　執政黨與在野黨的紛爭，一定會把全國上下都捲入其中吧。

2. あの超人気アイドルが突然引退するとなったら、世の中を騒がさないではおかない。

　　若那個超人氣偶像忽然引退，必定會引起社會騷動。

3. 今度こそ、本当のことを言わせないではおかないぞ。

　　下次一定要讓我說出真相。

〜ずにはすまない

接続：〔動詞ない形〕ずにはすまない

意味：〜しなければならない。

不能不〜；不得不〜；必須〜。

用例：

1. いい年をした大人が家族のために働かずにはすまない。

   有好些年紀的大人爲了家人必須努力工作。

2. 違反をして捕まったのだから、罰金を払わずにはすまない。

   因爲是違法而被捕，所以必須付罰金。

3. お酒は苦手だとは言っても、上司の勧めでは飲まずにはすまない。

   雖説不擅於喝酒，但因上司勸酒而不得不喝。

4. 仕事上のミスで迷惑をかけたのなら、きちんと謝らずにはすまないだろう。

   如果是因工作上的錯誤而帶來困擾的話，必須好好道歉。

5. 法律は守らずにはすまないものだ。

   法律必須遵守。

説明：爲生硬的説法，用在從周遭的狀況、自身的義務、社會常識來考慮某場合或某狀況時，想表示「不能不做〜」或者是「自己必須那麼做」的心情。當前面出現する動詞的話，用「〜せずにはすまない」。

注意点

　　「〜ないではすまない」爲其類義語，比「〜ずにはすまない」要口語。前接動詞ない形，表「（從周遭的狀況、自身的義務、社會常識來思考）非〜不可」或表「若不這麼做的話就無法解決」之意。

1. 子供は学校に行きたくないが、行かないではすまない。

　　小孩不想上學但不能不去。

2. 現実の厳しさは知らないではすまない。

　　現實的嚴苛非了解不可。

3. 自分の将来を考えないではすまない。

　　自己的將來非思考不可。

～すら～ない

接続：〔名詞（＋助詞）〕すら〔動詞ない形〕ない

　　　〔動詞て形〕すら〔動詞ない形〕ない

意味：～も～ない。

　　　連～都無法～。

用例：

1. 彼と長く会っていなくて、もう顔すら思い出せない。

　　和男朋友許久未見連長相都想不起來。

2. パソコンに慣れて、簡単な漢字すら書けない。

　　由於已習慣電腦因此連簡單漢字都不會寫。

3. 彼は小学校の計算問題すらできない。

　　他連小學的計算題都不會做。

4. その偽物の宝石はプロの鑑定士すら気づかない。

　　那顆假寶石連專業的鑑定師都沒有發現。

5. 彼はとても忙しいので、連絡を取っても、会ってすらもらえないだろう。

　　因他非常忙，就算聯絡到了，連見個面都沒辦法吧！

説明：舉出極端的例子，強調「無法做～」的意思，後面多為動詞可能形的ない形。另外，例4的「気づかない」雖不是可能動詞，但在意思上為非意志性的行為，所以可以使用。

注意点

　　「〜すら」後接肯定句時，表「連〜都〜：甚至連〜都〜」的意思。也就是取極端的例子，表「其他的就無庸置疑」的意思。接主格成分後面時多用「ですら」，意思和「さえ」同，但比「さえ」更偏向書面用語。「〜すら」前接的助詞也可爲「に」，如例3。

1. 寝苦しい夜なのに、心地よさすら感じる部屋だ。

　　在難以入眠的夜晚，也能讓人感覺到心情舒暢的房間。

2. この数学問題は子供ですら計算できる。

　　這個數學問題連小孩都會算。

3. 最近はどんな田舎にすら、コンビニが一軒ぐらいある。

　　最近不管是怎樣的鄉下都至少有一家便利商店。

〜たって

接続：〔い形容詞（〜い→く）〕たって

　　　〔動詞た形〕って

意味：〜ても

　　　即使〜；再〜。

用例：

1. いくら安くたって、品質が悪ければ売れない。

　　再怎麼便宜，若品質不好的話也賣不出去。

2. やりたくなければやらなくたってよい。

　　不想做的話不做也行。

3. 失敗したって恥ずかしくない。

　　即使失敗也不可恥。

4. 笑われたってかまわない。

　　被笑也沒關係。

5. 今頃泣いたって、もう取り返しがつかない。

　　現在即使哭也無法挽回了。

説明：意思與「ても」同，但屬於非正式、較隨便的説法。「たって」
　　　是「ても」，「だって」是「でも」的意思。

〜だに

接続：〔名詞／動詞辞書形〕だに

意味：〜だけでもそのような状況なのだから、実際はそれ以上だ。

　　　連〜都〜。

用例：

1. 20年後、自分が何をしているかなど、想像<u>だに</u>できない。

　　諸如二十年後的自己在做什麼之類的事根本無法去想像。

2. 逆転されて負けるとは、予想<u>だに</u>していなかった。

　　連想都沒想到會被逆轉勝。

3. 地震の後に津波が襲うなど、考える<u>だに</u>恐ろしい。

　　地震之後又被海嘯襲擊等事，一想到就非常可怕。

4. 震災後の光景は聞く<u>だに</u>恐ろしいものでした。

　　震災後的光景連聽都覺得可怕。

5. 核戦争は思う<u>だに</u>恐ろしいことである。

　　核戰是一想到就非常可怕的事。

説明：舉出極端的例子來表示強調，屬於較硬的書面語，爲「さえ」、「すら」的古語，多伴隨否定表現。「想像だにしない」是「想像さえしない」（想都沒想到）；和「考える」、「聞く」等動詞一起使用時，表「するだけでも」（即使只做〜），是屬於慣用表現。像例3的「考えるだに恐ろしい」、例4的「聞くだに恐ろしい」、例5的「思うだに恐ろしい」這樣和肯定形一起使用時，有表「〜だけでも」這個意思的可能。

～つ～つ

接続：〔動詞ます形〕つ〔動詞ます形〕つ

意味：同じ動作や反対の動作が何度も繰り返される様子を表す。
又～又～。

用例：

1. 彼女に振られた彼は駅前の商店街を行きつ戻りつしていた。

    被女友甩的他在站前的商店街走來走去。

2. 国宝展で彼女はある名画を矯めつ眇めつ眺めていた。

    在國寶展覽會上她仔細端詳著那幅名畫。

3. たくさんの人出で、押しつ押されつしながら、花火見物をした。

    很多人擠來擠去地看煙火。

4. 世の中は持ちつ持たれつだ。

    在世上是彼此互相扶持。

5. 彼の人生は浮きつ沈みつする70年でした。

    他的人生浮浮沉沉七十年。

説明：表動作交替進行，多用在慣用性的説法，接在像「行く／戻る」、「持つ／持たれる」、「浮く／沈む」等這類兩個相互對立的動詞後面。

～っぱなし

接続：〔動詞ます形〕っぱなし

意味：～したままにすること。

　　　（持續）一直～；總是～；放任～。

用例：

1. 一晩中、ラジオをつけっぱなしだった。

　　整晩開著收音機。

2. 彼は同じ服を三日も着っぱなしだ。

　　一樣的衣服他穿了三天。

3. 自転車を外に置きっぱなしにする。

　　脚踏車一直放置在外面。

4. 大晦日から食べっぱなしで胃が心配だ。

　　從除夕夜開始就一直吃，因而擔心胃的狀況。

5. 講義で3時間話しっぱなしでのどが渇いた。

　　上課一直講了三小時喉嚨都乾了。

説明：多使用在負面評價，例如「食べっぱなし」、「泣きっぱな
　　　し」、「置きっぱなし」、「つけっぱなし」、「話しっぱな
　　　し」、「しゃべりっぱなし」、「立ちっぱなし」等。

～であれ、～であれ

接続：〔名詞〕であれ、〔名詞〕であれ

意味：たとえ～でも、それに影響されない。たとえ～でも、関係ない。

不管～或是～；無論～還是～。

用例：

1. 男であれ、女であれ、わが子なので、目に入れても痛くないほど可愛い。

   不管是男孩或是女孩都是我的孩子，可愛得就算放進眼裡也不會痛。

2. 天才であれ、愚かであれ、食べ物がなければ生きていけないのだ。

   無論天才還是蠢才，若沒有食物就不能生存。

3. 金持ちであれ、貧乏であれ、自分なりに頑張っていくことが大切だ。

   無論貧富，照著自己的方式努力都是最重要的。

4. 糖尿病があって、菓子であれ果物であれ、甘いものは一切口にしない。

   因有糖尿病，不管是餅乾或水果，只要是甜的東西就不吃。

5. 結婚生活は幸せであれ、不幸であれ、本人の努力次第であることも事実だ。

   婚姻生活無論是幸還是不幸，實際上都取決於本人的努力。

説明：表「不管是哪一個場合都〜」的意思，比「〜にしろ、〜にしろ」、「〜にせよ、〜にせよ」、「〜にしても、〜にしても」等句型要生硬。後文多出現事態沒有變化的內容。多接在名詞後面，但也可接在な形容詞後面，如例5。可和「〜であろうと、〜であろうと」句型做替換。

～てからというもの

接続：〔動詞て形〕からというもの

意味：～てからは。～てから後はずっと。

　　　自從～之後，就一直～。

用例：

1. 運動し始めてからというもの、体調がよくなった。

   自從開始運動以來，身體就變好了。

2. 産地偽装や賞味期限切れの事件が明らかになってからというもの、人々は食の安全に関心を持つようになってきた。

   自從產地造假及過期食品事件被揭發以來，人們開始關心食品的安全。

3. 赤ちゃんが生まれてからというもの、愛犬と遊ぶ時間が減ってしまった。

   自從小孩出生以來，和愛犬玩的時間便減少了。

4. 日本に来てからというもの、日本語だけでなく、日本についてももっと真剣に学びたいと思うようになりました。

   自從來到日本，開始覺得除了日文以外也要更加努力學習關於日本的事物。

5. 日本の経済問題を解決する政策のため、今年になってからというもの、円安傾向は進む一方だ。

爲了解決日本的經濟問題，日幣從今年開始就一直有貶值的趨勢。

說明：表「某行爲或某事成爲後面狀態的契機」之意，富含說話者的心情來看待之後的大變化，此變化可爲正面或負面，爲文章體。

～でなくてなんだろう（か）

接続：〔名詞〕でなくてなんだろう（か）

意味：～以外は考えられない。

　　　這個就是～；（難道）不是～又是什麼呢？

用例：

1. 世界各地で多くの天災が起こるなんて、これが地球温暖化でなくてなんだろうか。

　　世界各地頻繁發生的天災，若不是地球暖化的結果那又是什麼？

2. 毎日 20 時間も働き続けるなんて、これが地獄でなくてなんだろうか。

　　每天二十小時持續工作，這不是地獄那又是什麼？

3. 彼女のことがずっと頭から離れない。ああ、これが恋でなくてなんだろう。

　　她的事一直無法從腦海離開，啊，這不是戀愛那又是什麼？

4. 戦争の時、自分の命を犠牲にして多くの人を救ったあの男が英雄でなくてなんだろう。

　　戰爭時犧牲自己的生命拯救許多人的那名男子，不是英雄是什麼？

5. その会社は長年ずっとうちの会社と契約していたのに、突然ほかの会社にくら替えしてしまった。これが背信でなくてなんだろう。

　　那家公司長年以來一直和本公司簽約，但是突然換成和其他
公司做交易。這不是背信是什麼？

說明：說話者列舉像「地獄」、「恋」、「英雄」、「背信」、
　　　「愛」、「運命」、「真実」、「宿命」等這樣的抽象名詞，富
　　　含感情地來述說「某事就可以叫做〜」。此表現多用在小説等。

〜ではあるまいし

接続：〔名詞〕ではあるまいし

意味：〜ならそのようなこともあるかも知れないが、〜ではないのだから。

又不是〜。

用例：

1. もう子供ではあるまいし、バカなことはやめよう。

   又不是小孩，不要做蠢事。

2. ロボットではあるまいし、人間が休まずに働くことはできない。

   又不是機器人，人無法不休息而一直工作著。

3. 医者ではあるまいし、病気の原因が分かるわけはない。

   又不是醫生，怎麼可能知道病因。

4. 後進国ではあるまいし、日本でそんなことは起こる訳がない。

   又不是落後國家，在日本怎麼可能發生那樣的事。

5. 神様ではあるまいし、将来のことなんか分かるはずはない。

   又不是神，怎麼可能得知未來的事。

説明：後文出現説話者的判斷、主張，及對聽者的忠告、規勸等，雖屬於較舊的表達方式，但多用在口語中，不能用在正式文章場合。

另外，「じゃあるまい」為「ではあるまい」更口語的説法。

〜てやまない

接続：〔動詞て形〕やまない

意味：どこまでも〜する。〜しないではいられない。

非常〜不已。

用例：

1. 事業の成功を祈ってやまない。

   非常期望事業成功。

2. 友人の病気がよくなることを願ってやまない。

   非常希望朋友的病情好轉。

3. 彼女のことを愛してやまない。

   非常愛女朋友。

4. 法律が改正されることを期待してやまない。

   非常期待法律被修正。

5. 彼女は彼のことを信じてやまない。

   她非常信任他的事。

說明：接在「祈る」、「願う」、「愛する」、「期待する」等動詞之後，表「某感情強烈地持續著」，也可用在像「後悔」這樣否定的感情上。使用在對對方的心情強烈且不變的場合，屬於表說話者心情的用法，因此幾乎不出現在第三人稱的句子。屬於慣用性的說法，不大使用在會話上，多用在書信等正式的場合。

〜と相まって

接続：〔名詞〕と相まって

意味：いくつかの要素が重なり合って。互いに作用し合って。一緒になって。

與〜相結合；與〜相融合。

用例：

1. その古い神社は、濃い霧と相まって、幻想的な雰囲気に包まれていた。

   那個老神社融在霧中，被魔幻的氣氛包圍著。

2. 人を大切にする風土が人情と相まって、すばらしい文化を育んできました。

   重視人的風俗與人情結合，孕育出出色的文化。

3. 実力と運とが相まって大学に合格した。

   結合實力與運氣而考上大學。

4. 宮島の景色は海の青い色と山の緑が相まって美しい。

   宮島的景色因海的藍與山的綠相融而顯得美麗。

5. 努力と運が相まって優勝できた。

   結合努力和運氣因而優勝。

説明：表「在某事上再加其他的事，產生更大的效果」之意，表某性質和其他性質要互相作用才有相乘的效果，爲較硬的說法。「AとB（と）が相まって」、「AとBと（が）相まって」爲常用的型態，屬於文章體。

〜とあって

接続：〔名詞／い形容詞・な形容詞・動詞普通形〕とあって

意味：〜ので、〜。

　　　因爲〜。

用例：

1. 今日は休日<u>とあって</u>大変な人出だ。

   今天因爲是假日，所以人非常多。

2. クリスマスが近い<u>とあって</u>、街中はイルミネーションで彩られていてとても綺麗だった。

   因爲聖誕節要到了，街上用燈飾裝飾著很漂亮。

3. そのマンションは駅に近く便利<u>とあって</u>、すぐに完売した。

   那棟公寓因離車站近又方便所以馬上賣出。

4. 世界の大物スターが来る<u>とあって</u>、たくさんのマスコミがやってきている。

   因爲世界的超級巨星要來，很多媒體都來了。

5. 体のだるさが取れない<u>とあって</u>、お医者さんに診てもらった。

   因爲無法消除身體酸痛，就去看醫生。

6. 何年も会っていなかった<u>とあって</u>、積もる話が多くあった。

   因爲很多年沒見所以累積了很多話題。

説明：表「因為～這樣的狀況」之意，在前面所表特別的樣子或狀態之
　　　下，後文含有「在那種狀況下應該會發生或者採取行動」這樣的
　　　含意。用在客觀的狀態，多為說話者所觀察的事，不大使用在說
　　　話者本身的事上。屬於較正式的說法，常用於新聞報導。

〜とあれば

接続：〔名詞／い形容詞・な形容詞・動詞普通形〕とあれば

意味：もしそうであるならば。

如果〜。

用例：

1. あれだけ理不尽（りふじん）な言（い）い分（ぶん）とあれば、誰（だれ）も相手（あいて）にしてくれないだろう。

   如果是那種不合理的藉口，無論是誰應該都不會理會吧！

2. スーパーより安（やす）いとあれば、遠（とお）くても産直市場（さんちょくいちば）に行（い）く。

   如果比超市便宜的話，即使遠也要到産地直銷市場。

3. 一方的（いっぽうてき）な円高（えんだか）には、必要（ひつよう）とあれば断固（だんこ）たる措置（そち）をとる。

   對於單方面的日幣升值，必要的話得採取堅決的措施。

4. 彼女（かのじょ）が来（こ）ないとあれば、私（わたし）も行（い）かない。

   如果她不來的話，我也不去。

5. 太（ふと）っているとあれば、相撲（すもう）には有望（ゆうぼう）だ。

   要是胖的話，有希望從事相撲運動。

説明：用在想説「正是因爲〜；如果是爲了〜」的場合，後面不出現請求或勸誘的句子。

～といい～といい

接続：〔名詞〕といい〔名詞〕といい

意味：二つ以上の事柄を挙げて、それらのすべてを同じように評価することを示す。

不論～還是～；無論～或是～；～也好～也好。

用例：

1. 色白の肌といい、茶色がかった瞳といい、母親そっくりだ。

   無論白皮膚或是棕色瞳孔，都像極了媽媽。

2. 給料が安いことといい、転勤があることといい、私の希望にはほど遠い。

   無論薪水低還是調職，都離我的期望很遠。

3. その着物は色といい、デザインといい、素晴らしい。

   那件和服無論顏色或設計都非常棒。

4. ニューヨークといい、東京といい、物価は世界中で特に高い。

   無論是紐約或東京，物價在世界上都是非常高的。

5. 彼は勉強といい、運動といい、クラスの中で一番優れている。

   無論是讀書或運動，他在班上都是最優秀的。

説明：用在列舉兩個事物上，多含有「不僅僅是這兩個事物上，其他的

也都是這樣」的含意。對於某事舉出一些例子來表達說話者評價及特別的感情。在後文敘述說話者的判斷、評價，可和「～も～も、他のものを～」做替換。

📖 注意点

「～といい～といい」和「～といわず～といわず」為類義表現，兩者都是以例舉名詞A、名詞B的方式，來表示「不論A還是B都～」的意思。兩者的差別在於「～といい～といい」的關注焦點在於「A、B」；而「～といわず～といわず」的關注焦點在於「包含A、B，還有其他部分如C、D……等等」。

1. 子供といわず、大人といわず、ネットゲームでよく遊ぶ。

   無論是小孩或大人都常常玩網路遊戲。

2. その歌は、若者といわず、年寄りといわず、人気を集めている。

   那首歌無論是年輕人或老人都有人氣。

〜といったところだ

接続：〔名詞／動詞辞書形／引用文〕といったところだ

意味：だいたい〜ぐらいだ。程度は最高でも〜で、あまり高くない。

也就是〜那個程度；差不多〜。

用例：

1. 台湾は冬もそれほど寒くない。最も寒い日でもせいぜい７度といったところだ。

  台灣的冬天並不那麼寒冷，最冷的時候也不過就是七度左右。

2. その事故は大きかったので、命が助かっただけでも幸いといったところだ。

  因那意外事故很嚴重，生命獲救就算是不幸中的大幸。

3. その病には特効薬がないので、医療科学の進歩を待つといったところだ。

  因那病沒有特效藥，就等醫療科學的進步。

4. 私に言わせれば、途中でやめるなら、最初からするなといったところだ。

  讓我來說的話，若中途放棄，倒不如一開始就不要做。

5. 私に言わせれば、冗談を言うのもほどほどにしろといったところだ。

  若讓我來說，就算要開玩笑也要到恰到好處的程度。

説明：用在説明某階段的狀況，含有「沒什麼大不了的」這樣的説話者心理。前面多出現「せいぜい」、「ざっと」、「だいたい」這些表大約程度的副詞。

注意点

　　「〜というところだ」與「〜といったところだ」的意思差不多，也表「也就是〜那個程度」。用在表達「最多只能〜；無法超出〜」之意，舉出具體的例子做現狀、內容程度的説明。接在數量不多或程度較輕的詞後面。

1. できる料理はせいぜい卵焼きと卵かけごはんというところだ。

　會做的料理不過是煎蛋和淋蛋汁飯這樣程度而已。

2. ゴールデンウィークといっても、我が家では一泊で温泉旅行に行くというところがせいぜいだ。

　雖説是黃金週，但我家頂多就是去一天溫泉旅行。

3. 家出した娘の居場所がわかったので、飛んで行って連れ戻そうというところだ。

　已經得知離家出走的女兒的下落，於是想要立刻去把她帶回來。

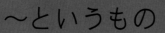

〜というもの

接続：〔名詞〕というもの

意味：〜という長い間。

　　　這麼長時間〜；這期間一直〜。

用例：

1. ここ一週間というもの、仕事に追われている。

　　這個星期工作接踵而來。

2. ここ半年というもの、撮影の勉強に夢中だった。

　　這半年來熱衷於學習攝影。

3. 社会人になってここ一年というもの、毎日忙しくしている。

　　出社會後這一年每天都很忙碌。

4. 結婚が決まってからというもの、毎週の土日は準備で慌しくしている。

　　決定結婚之後，每週六日都因準備而忙亂。

5. プログラムの間違いが分かってからというもの、徹夜での修正作業に追われている。

　　知道程式錯誤之後，整夜忙於修正作業。

説明：用在說明某事物的機能或內容。若前接名詞時多為表期間的詞。

　　　「は」若接在「というもの」之後的話，有更加深感嘆的語感。

～と言_いえども

接続：〔名詞・い形容詞・な形容詞・動詞普通形〕と言えども

意味：～とはいうものの。～といっても。～であっても。

即使～；雖説～。

用例：

1. プロと言えども、時_{とき}には失敗_{しっぱい}することがある。

   即使是專家有時也有失敗的時候。

2. いくら安_{やす}いと言_いえども物_{もの}がよくなければ買_かわない。

   即使便宜，東西若不好就不買。

3. 先生_{せんせい}は元気_{げんき}と言_いえども、高齢_{こうれい}なので気_きをつけなければならない。

   雖說老師健康，但因爲是高齡所以要小心注意。

4. 体力_{たいりょく}が衰_{おとろ}えたと言_いえども、何_{なに}もかも年_{とし}のせいだとは言_いえない。

   雖說體力衰退，但不能什麼都推說是年紀的關係。

5. 近年_{きんねん}、いくら医学_{いがく}が進_{すす}んでいると言_いえども、患者_{かんじゃ}の数_{かず}は減少傾向_{げんしょうけいこう}にはない。

   近年，即使醫學再怎麼進步，病患的數量卻沒有減少的傾向。

説明：列舉極端立場的人、事或場合，來陳述與既有的印象、特徵相反的事。可用在正面或負面評價，爲讓步的表現。用在較正式的口語或小説等文章體上。前接名詞時多爲〔名詞（～<del>だ</del>）〕，如例1；な形容詞時多爲〔な形容詞（～<del>だ</del>）〕，如例3。

～といったらありはしない

接続：〔名詞・い形容詞・な形容詞・動詞普通形〕といったらありはしない

意味：～は口では表現できないほど～だと思う。全く～だ。

極其～；没有比～更～；再～不過了；非常～。

用例：

1. このところ残業続きで疲労の蓄積といったらありはしない。

   最近持續加班而累積的疲累難以形容。

2. 日本の八月は蒸し暑いといったらありはしない。

   日本的八月是非常悶熱的。

3. 東京の地下鉄は複雑といったらありはしない。

   没有比東京的地下鐵更複雜的了。

4. 勉強と仕事の掛け持ちで、疲れるといったらありはしない。

   讀書兼工作是非常累的。

5. 最近の携帯電話は機能が複雑で、使い方を覚えることの面倒くささといったらありゃしない。

   再也没有比記住如何操作最近手機的複雜功能更麻煩的了。

6. この離島の不便さといったらありゃしない。フェリーは週に1便しかないそうだ。

   再也没有比這離島還不方便，聽説渡船一週只有一班。

説明：用在負面評價的事物上，爲文章體。可以和「非常に〜だ」、「最高に〜だ」做替換。另外，「といったらありゃしない」、「ったらない」爲較通俗的表達方式。前接い形容詞或な形容詞時，可將其名詞化，如例5、6。前接名詞時多爲〔名詞（〜だ）〕，如例1；な形容詞時多爲〔な形容詞（〜だ）〕，如例3。

～といったらない

接続：〔名詞・い形容詞・な形容詞・動詞普通形〕といったらない

意味：～は口では表現できないほど～だと思う。全く～だ。

　　　極其～；沒有比～更～；再～不過了；非常～。

用例：

1. 初孫の可愛さといったらない。

　　 再也沒有比第一個孫子更可愛的了。

2. 銀世界の雪景色は美しいといったらない。

　　 再也沒有比銀色世界的雪景更美的了。

3. 山奥の生活は携帯電話も繋がらず不便だといったらない。

　　 在深山的生活連手機都無法接通真的非常不方便。

4. 突然のことだったから、驚いたといったらなかった。

　　 由於突然發生的事因而驚訝得不得了。

5. その表現は面白くないといったらない。

　　 那個表現方式真是沒趣。

6. ヒーターが壊れて、寒いったらない。

　　 暖爐壞掉後真是冷得無法形容。

說明：用在強調其程度是極端的，表「沒有比其更～」的意思，用在口語。可以和「非常に～だ」、「最高に～だ」做替換。前接い形容詞時的接續方式為「〔い形容詞〕（とい）ったらない」。

還有，前接い形容詞或な形容詞時，可將其名詞化，如例1。另外，前接名詞時多為〔名詞（〜だ）〕；な形容詞時多為〔な形容詞（〜だ）〕。最後，「といったらない」和「といったらありはしない／といったらありゃしない」的意思幾乎相同，但在評價上不同，「といったらない」是可用在正面或負面評價。

〜といわず〜といわず

接続：〔名詞〕といわず〔名詞〕といわず

意味：〜だけではなく。

不論是〜，還是〜，都〜。

用例：

1. 顔(かお)といわず手(て)といわず泥(どろ)だらけだ。

   不論臉或手都滿是泥巴。

2. それは大人(おとな)といわず、子供(こども)といわず、最(もっと)も好(す)かれているお菓子(かし)だった。

   那是無論大人或小孩都最喜歡的點心。

3. あの大津波(おおつなみ)は、人(ひと)といわず車(くるま)といわず、すべてを流(なが)し去(さ)ってしまった。

   那個大海嘯把人和車都捲走了。

4. ゴキブリといわず、蝶(ちょう)といわず、彼女(かのじょ)は虫全部(むしぜんぶ)が苦手(にがて)らしいです。

   不管蟑螂還是蝴蝶，她對所有的昆蟲都感到棘手。

5. 彼女(かのじょ)は昼(ひる)といわず夜(よる)といわず、つきっきりで息子(むすこ)の看病(かんびょう)をした。

   她不分晝夜，片刻不離地看護著兒子。

説明：列舉幾個例子，強調「無論〜還是〜都沒有差別」的意思。

注意点

　　「〜といわず〜といわず」、「〜といい〜といい」爲類義表現，兩者都是以例舉名詞A、名詞B的方式，來表示「不論A還是B都〜」的意思。兩者的差別在於「〜といわず〜といわず」的關注焦點在於「包含A、B，還有其他部分如C、D……等等」；而「〜といい〜といい」的關注焦點在於「A、B」。

1. 彼女は容姿といい知性といい、申し分のない女性だ。

　　無論是容貌還是修養，她都是個無可挑剔的女性。

2. 手といい足といい血だらけだった。

　　無論是手還是腳到處都是血。

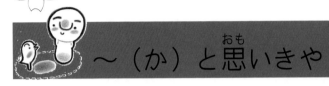

〜（か）と思いきや

接続：〔名詞／な形容詞（〜だ）／い形容詞・動詞普通形〕（か）と思
いきや

意味：〜と思ったところが意外にも。

原以爲〜。

用例：

1. 太郎と思いきや、次郎だった。

   原以爲是太郎，結果是次郎。

2. 寒さに強いと思いきや、すぐ風邪を引いてしまった。

   原以爲不怕冷卻馬上感冒。

3. 彼女は長年日本に住んでいるので日本語がペラペラ
   と思いきや、私より下手だった。

   原以爲她長年住在日本日文會説得流利，結果卻説得比我還
   差。

4. 日本の景気は徐々に回復していると思いきや、震災
   のせいで停滞してしまった。

   原以爲日本景氣漸漸地在恢復，卻因爲地震災害而停滞不
   前。

5. 風邪が治ったと思いきや、また引いてしまった。

   原本以爲感冒已經好了，卻又感冒了。

6. 彼は私の言葉に怒るかと思いきや、突然笑い出した。

   原以爲他會不會因我説的話而生氣，卻突然笑出來。

説明：「と思いきや」爲「動詞「思う」的連用形＋過去助動詞「き」
　　　＋係助詞「や」」所形成的連語。與所期待的事情相反，表「按
　　　一般推論應該～，卻沒～」之意，有説話者感到意外的含意。後
　　　文多爲意料之外的事情，屬於較舊的説法，可和「～と思ったの
　　　に」做替換。

〜ときたら

接続：〔名詞〕ときたら

意味：主題を特に強調してとりあげるときに用いる。

　　　說到〜；提到〜。

用例：

1. うちの猫ときたら、自分が家で一番偉いと思っているんだから。

   一說到我家的貓，牠認爲自己在家裡是最大的。

2. 最近の学生ときたら、教師に対する態度がまるでなっていない。

   提到最近的學生，對老師的態度簡直不行。

3. 受験間際なのに息子ときたらまるで勉強をしようとしない。

   都快要考試了，一說到兒子他簡直連讀都不想讀。

4. 地震の後なのに政治家ときたら自分の保身のことしか考えていない。

   都已經是地震發生後了，一提到政治家只想著顧自己。

5. あのレストランときたら、サービスも味もイマイチだが、値段だけが高い。

   一說到那家餐廳，服務和味道都普普通通，只有價錢貴而已。

説明：使用在「帶著不滿或責難的心情，提及身邊的事物」時，可和
　　　「～は」做替換。屬於負面評價的口語，強調前面所接的詞，針
　　　對其詞表達不滿與責難等心情。

〜ところで

接続：〔動詞た形〕ところで

意味：もし、前件の事柄が成立しても、後件にそれが無駄になる

か、もっと悪い状態になることを表す。

即使〜也不〜。

用例：

1. 今さら悔やんだところで始まらない。

    即使到現在才後悔也已經來不及。

2. 今から出発したところで、会議には間に合わない。

    就算現在出發也來不及參加會議。

3. こんなにお金があったところで使い切れない。

    即使有這麼多錢也用不完。

4. 鉄や銅などの金属にどんな薬をかけたところで、金

になるはずがない。

    鐵和銅之類的金屬無論加什麼藥都不可能成為金。

5. いくら働いたところで、こう物価が高くては生活は

楽にはならない。

    再怎麼辛勤工作，在這樣高物價下生活也無法輕鬆。

説明：表「即使做某行為也無法得到所期待的結果」之意，若其後出現

表程度少的詞時，就表「假設即使發生那樣的場合，其程度、數

量是微不足道的」之意。用於逆接，其所表結果的部分可用否定

形或像「無意味だ」、「無駄だ」這樣表否定的判斷或評價的詞。還有，像「たとえ」、「いくら」、「どんなに」這樣的副詞或「何＋助詞」的副詞也能一起出現。與「たとえ〜（と）しても」的意思類似，但不同點在於「〜ところで」的後文不出現意志、希望、命令等表現。

![icon] 注意点

「動詞た形＋ところで」也可表「在〜的時候」之意。

1. 食事が終わって一息ついたところで、呼び出しのベルが鳴った。

吃完飯在休息時，呼叫的鈴聲響起了。

2. 映画が始まったところで、急に停電になった。

電影剛開始播映時，就突然停電了。

〜ところを

接続：〔動詞辞書形・ている形・た形〕ところを

意味：〜場面に出くわして、〜。

　　　〜之時。

用例：

1. 警察は犯人が店を出るところを捕まえた。

　　當犯人要走出店時被警察逮捕到了。

2. へそくりを隠しているところを妻に見られてしまった。

　　正要藏私房錢時被老婆看見了。

3. そのアイドルがデートしているところをパパラッチにキャッチされた。

　　那個偶像約會時被狗仔抓到了。

4. 勉強しているところを写真に撮られた。

　　正在念書的時候被拍照了。

5. 横断歩道を渡ったところをトラックに撥ねられた。

　　過完人行道時被卡車撞到了。

説明：用在表達「雖然是處於〜的情況，卻還是〜」之意的時候。後文多出現意料之外的事或不方便的事。後面的動詞多出現「見る」、「見つける」、「発見する」這類表視覺或發現意思的動詞，或者像「襲う」、「捕まえる」、「助ける」等等表攻擊、捕捉、救助意思的動詞，這些都有阻止前面所表的動作、事態、進展的意思。

注意点

　　若爲「〔名詞の／い形容詞（〜い）／動詞ます形＋中の〕ところを」的場合，是以對方的立場做考慮的慣用表現，多使用在問候時爲了表達感謝的話，例如「お休みのところを」、「お忙しいところを」、「お取り込み中のところを」。

1. 年末でお忙しいところをご丁寧にどうもありがとうございます。

　　在年底這麼忙碌的時候，謝謝您如此費心。

2. お取り込み中のところを大変恐縮ですが…。

　　在您百忙中眞是惶恐。

〜とは

接続：〔名詞・い形容詞・な形容詞・動詞普通形〕とは

意味：あることに対して、話し手の感心、驚き、意外さなどの気持ちを加える。

對〜感到佩服、驚訝、意外等。

用例：

1. 彼が真犯人だとは信じられない。

   眞難以相信他才是眞的犯人。

2. 噂には聞いていたが、これほどまでに美しいとは思いもよらなかった。

   我有聽說過謠言，但想都沒想到會這麼的美麗。

3. セキュリティーソフトのダウンロードはこれほど複雑だとは思わなかった。

   沒想到防毒軟體的下載會這麼複雜。

4. 彼にそんな癖があったとは、驚いた。

   對於他有那樣的癖好感到驚訝。

5. 一ヶ月も続けて残業させるとは、ひどい。

   連續一個月加班，眞過分。

6. 大人気のスターだけど、まさかスリをしていたとは思わなかった。

   沒想到非常有人氣的明星卻做出偷竊的行爲。

7. 気<ruby>き<rt></rt></ruby>に入<ruby>い<rt></rt></ruby>った靴<ruby>くつ<rt></rt></ruby>があったのに、私<ruby>わたし<rt></rt></ruby>のサイズがない<u>とは</u>残念<ruby>ざんねん<rt></rt></ruby>だ。

有我喜歡的鞋子卻沒有尺寸，真是可惜。

説明：表聽到或看到連想都沒有想到的事實時，所產生的驚訝、感嘆等心情。刻意列舉某事，針對其做判斷評價，「なんて」是較不正式的説法。前接名詞時多為〔名詞（～だ̶）〕；前接な形容詞多為〔な形容詞（～だ̶）〕。另外，「～とは」可和「～というのは」做替換。

〜とはいえ

接続：〔名詞・い形容詞・な形容詞・動詞普通形〕とはいえ

意味：〜というのは事実かもしれないが、それでもやはり状況は同じだ。

雖然〜但是〜。

用例：

1. 子供だとはいえ、許されないことはある。

   雖然是小孩，也會有不被原諒的事。

2. 給料は少ないとはいえ、遣り甲斐のある仕事だ。

   雖然薪水少，卻是值得做的工作。

3. いくら仕事が大事だとはいえ、家族と一緒に過ごすことも重要だ。

   雖然工作很重要，但和家人一起生活這件事也很重要。

4. 一ヶ月で職場に復帰する軽症で済んだとはいえ、無理はきかない。

   雖然是一個月就能回到職場工作的輕傷，但不能勉強。

5. 病状は危険な状態を脱して、回復に向かっている。とはいえ、まだ完全に安心するわけにはいかない。

   病情已脫離險境，漸漸回復。雖然如此，但也不能完全放心。

説明：用在前面事態所預想、期待的事情與結果事與願違的場合。也

就是否定前面所述説的事物來説明實際上發生的事情。説話者的意見、判斷等等多出現在後文。前接名詞時多爲〔名詞（〜だ）〕；前接な形容詞多爲〔な形容詞（〜だ）〕。爲文章體，可和「とはいいながら」、「とはいうものの」、「と（は）いっても」做替換。「とはいえ」也有相當於接續詞的用法，如例5。

〜とばかり（に）

接続：〔引用文〕とばかり（に）

意味：実際に声は出さないが、〜というような態度・行動をとる。

以爲〜是（機會）；認爲〜。

用例：

1. 絶好の機会とばかりに、単身赴任で海外へ行くことにした。

   認爲是大好的機會而決定單身前往海外赴職。

2. 別れた彼女は私が悪いとばかりに被害者ぶっている。

   已分手的女友一味地認爲是我的錯，彷彿自己才是受害者。

3. そんなことをしても無駄だとばかりに溜め息をついた。

   認爲即使做那樣的事也無用而嘆氣。

4. 彼女は信じられないとばかりに目を見開いた。

   她不可置信地睜大眼睛。

5. 彼女は早く帰れとばかりに私を睨んだ。

   她要我快回去而瞪著我。

6. 彼はその話題を止めようとばかりに、次の話を始めた。

   他想要終止那話題而開始另一個話題。

説明：表「不用言語表達而顯示出某種態度或樣子」之意，主要是敘述別人的狀態，因此不能用在敘述説話者的狀態。後面接強而有力的氣勢和程度，用在「看上去對方彷彿要那麼説的樣子」的場合，爲文章體。

〜とも

接続：〔名詞であろう／な形容詞（〜だ→であろう）／い形容詞（〜い →く・かろう）／動詞意向形〕とも

〔動詞ない形〕〔なく／ず〕とも

意味：どんなに〜ても状況や判断が変わらない。

不管〜多麼〜；無論〜也〜。

用例：

1. たとえ社長であろうとも社則を守らなければならない。

   即使是老闆也必須遵守公司規章。

2. たとえ胃が丈夫であろうとも過度の飲酒はよくない。

   即使胃很好但過度地喝酒是不好的。

3. 生活がどんなに苦しくとも、子供に夢を諦めさせたくない。

   生活再怎麼辛苦也不願讓孩子放棄夢想。

4. 外がどんなに寒かろうとも朝の散歩は欠かさない。

   不管外面多冷還是會在早晨去散步。

5. たとえ雨が降ろうとも、歩いて学校へ行く。

   即使下雨也要走路去學校。

6. 彼女は誰に非難されなくとも、その失敗の責任を感じた。

她即使沒有受到誰的責備，但感受到失敗的責任。

7. たとえ力及ばず<u>とも</u>、努力することに意義がある。

　　即使能力不夠但努力是有意義的。

説明：和「ても」所表的意思相同，口語中當前面接い形容詞時，一般
　　　用「くても」。後文才是説話者想述説的事，常和「たとえ」一
　　　起使用，如例1、2、5、7。前接「動詞ない形＋ない」時是用
　　　「動詞ない形＋なく」的形態如例6，或「動詞ない形＋ず」的
　　　形態，如例7。

〜ともなく

接続：〔動詞辞書形／疑問詞（＋助詞）〕ともなく

意味：自分で〜しようとはっきり意識しないまま、ある動作を行う。

無意地〜：下意識地〜。

用例：

1. 見るともなくぼんやり外を見ていたら、不意に小さな頃のことを思い出した。

   無意地向外看就突然想起小時候的事。

2. いつも日本の演歌を聞いていたので覚えるともなく自然に歌えるようになった。

   因爲常聽日本演歌，不自覺地記住而自然就會唱了。

3. 誰ともなく地震の被災者のためにボランティア活動をしようと言い始めた。

   不知誰説爲了地震的受害者，要發起慈善活動。

4. どこからともなくいい匂いが 漂 ってきた。

   不知從哪裡飄來一陣香氣。

5. どこからともなく、大物の女優が引退するという噂が流れてきた。

   不知從哪裡傳來説大牌女星將引退的消息。

説明：多用在「不經意地做了〜之後而發生〜」時。「ともなく」的前

後常會出現相似意思的動作動詞，例如「見る」、「話す」、「言う」、「考える」這些含有意志性的動詞。前面常伴隨「誰、どこ」等這樣的疑問詞，如例3、4、5。

〜ともなしに

接続：〔動詞辞書形／疑問詞（＋助詞）〕ともなしに

意味：自分で〜しようとはっきり意識しないまま、ある動作を行う。

　　　無意地〜：下意識地〜。

用例：

1. 彼はベランダで景色を見るともなしに眺めていた。

　　他在陽台無意地遠觀著景色。

2. 夜、プロジェクトのテーマを考えるともなしに考えていたら、素晴らしいアイディアがひらめいた。

　　晚上無意間思考計畫案的題目，突然閃出一個很棒的點子。

3. ラジオを聞くともなしに聞いていたら、突然ハイジャックのニュースが耳に入ってきた。

　　無意間在聽廣播時，突然聽到劫機的新聞。

4. 我が家ではいつからともなしに正月に海外旅行に行く習慣が始まった。

　　我家不知何時開始就有在過年去海外旅行的習慣。

5. いつからともなしに、私は刺身が食べられるようになった。

　　不知從何時開始我變得能吃生魚片了。

説明：多用在「不經意地做了〜之後而發生〜」時。「ともなしに」的

前後常會出現相同意思的動作動詞，例如「見る」、「話す」、「言う」、「考える」這些含有意志性的動詞，表其動作沒有明顯的意圖或目的的樣子。前面常伴隨「いつ、どこ」等這樣的疑問詞。

〜ともなると

接続：〔名詞／動詞辞書形・た形〕ともなると

意味：〜くらい立場・程度が高くなると、そのような状態になる。

要是〜；一旦〜。

用例：

1. プロの体操選手ともなると、体つきが変わってくる。

    要是成爲職業體操選手的話，體型會改變。

2. 大手会社の社長ともなると、有名人と付き合う機会も多々ある。

    要是成爲大公司的老闆，和名人接觸的機會就多。

3. さすが彼女のようなアイドルともなると、気軽に買い物をすることもできない。

    要是成爲像她那樣的偶像，連輕鬆地購物都沒辦法。

4. 旅行するともなると、大きなカバンが必要だ。

    去旅行的話，大的行李箱是必要的。

5. 部長に昇進したともなると、部下への責任も増す。

    要是一升任部長的話，對下屬的責任也增加了。

説明：表「到達此水準的話，就和其他場合不一樣」之意。當前面接時間、年齡等名詞或動詞，表「狀況已經到此地步」的意思，強調前面所接的名詞且使用時會帶著「至少〜」的感情。「ともなると」之中的「も」是表在某一定範圍内程度已進行到那一階段之意，此句型可以和「〜だと」、「〜になると」做替換。

〜ともなれば

接続：〔名詞／動詞辞書形・た形〕ともなれば

意味：〜くらい立場・程度が高くなると、そのような状態になる。

要是〜；一旦〜。

用例：

1. 20才ともなれば、もう大人だ。

   要是到了二十歲就已經是大人了。

2. 9月ともなれば、真夏の蒸し暑さはなくなり過ごしやすくなる。

   要是到了九月，盛夏的炎熱就會減少，變得舒服一些。

3. 年末ともなれば、デパートではおせち料理の予約が殺到する。

   一到年終，百貨公司的年菜預約便蜂擁而至。

4. 店の看板を作るともなれば、きちんとプロのデザイナーに頼むほうが良い。

   如果要做店的招牌，好好地拜託專業設計師比較好。

5. 彼女の誕生日に別の女性とデートしているのを目撃されたともなれば、その関係は確実に終わる。

   在女朋友生日那一天要是被目擊到和其他女性約會的話，和女朋友之間的關係就確定結束。

説明：前面接時間、年齡等名詞或動詞，表「狀況已經到此地步」的意思。當狀況產生變化時，就會變成其後所出現的判斷。可以和「〜だと」、「〜になると」做替換。

〜ないまでも

接続：〔動詞ない形〕ないまでも

意味：〜という程度までは至らないが、その少し下のレベルの状態
　　　だ。

　　　沒有〜至少也〜；就是不〜也該〜。

用例：

1. 毎日とは言わ<u>ないまでも</u>、せめて週に一回ぐらい
　　運動しなさい。

　　不用每天但至少一星期要做一次運動。

2. 彼は怒ら<u>ないまでも</u>不満そうな顔でした。

　　他沒有生氣但露出不滿的表情。

3. 電話を掛け<u>ないまでも</u>、せめてメールでぐらい連絡
　　してください。

　　就算不打電話至少也請用電子郵件聯絡。

4. 脳梗塞で倒れた彼は、走れ<u>ないまでも</u>、歩けるぐら
　　いまでには回復した。

　　因為中風而倒下的他，雖然不能跑，但至少恢復到可以走
　　路。

5. 来られ<u>ないまでも</u>、電話くらいはしてほしい。

　　就算不來也希望你打個電話過來。

説明：舉出極端的例子，表「即使未到那樣的程度，至少是這樣」的意
　　　思。前面出現量或重要性高的事態，後面接比其程度要低的事
　　　態。

〜ながらも

接続：〔名詞／い形容詞（〜い）／な形容詞（〜だ）／動詞ます形〕な
がらも

意味：〜にもかかわらず。

　　　雖然〜，但是〜。

用例：

1. 最近のスマートフォンは小型ながらもいろんな機能
が盛り込まれている。

　　最近的智慧型手機體積雖然小卻擁有很多機能。

2. 狭いながらも、楽しい我が家だ。

　　我的家雖然狭小但很和樂。

3. 東京は便利ながらも物価が高い。

　　東京雖然方便但是物價很高。

4. 彼は視力を失いながらも、人に負けないぐらい頑張
っている。

　　他雖然失去視力，卻不輸給任何人地努力著。

5. 彼は授業中にノートを取らないながらも、意外に
良い成績を取る。

　　他上課時雖然沒有做筆記，卻意外拿到好成績。

説明：為逆接表現，前文和後文所敘述的事情相反，用在想表達「與之
　　　前所預想的事不同，實際上是〜」的時候。「ながらも」的前面

多爲表狀態的動詞、形容詞、名詞，與表逆接的「ながら」意思用法相同，但比「ながら」還要生硬。可以和「〜が」、「〜のに」、「〜であるが」、「〜しかし」做替換。另外，「ながらも」也可前接否定，其接續方式爲「〔動詞ない形〕ないながらも」，表「雖然不〜，但是〜」之意，如例5。

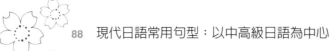

～なくして（は）～ない

接続：〔名詞・こと〕なくして（は）〔動詞ない形〕＋ない

意味：もし～がなかったら、あることが成立しない。

　　　沒有～，就不能～。

用例：

1. 彼女の支えなくして、彼は成功できなかった。

　　若沒有她的支持他就不能成功。

2. 彼は睡眠薬なくしては眠れない。

　　他沒有安眠藥就不能睡覺。

3. 仕事への情熱なくしては、出世はできない。

　　沒有對工作的熱情就不能成功。

4. 家族や親友の支えなくしては、とても闘病生活を続けることはできなかっただろう。

　　沒有家人或好友的支持鼓勵根本無法持續對抗病魔的生活吧！

5. 話し合うことなくして信頼は得られない。

　　沒有互相商量就不能得到信賴。

説明：為假設表現，其後多伴隨動詞可能形的ない形。表「若沒有前面所表的事物的話，做什麼事情都很難」的意思，屬於文章體，可和口語的「～がなかったら」做替換。

〜なしに（は）〜ない

接続：〔名詞・こと〕なしに（は）〔動詞ない形〕＋ない

意味：もし〜がなかったら、あることが成立しない。

　　　沒有〜，就不能〜。

用例：

1. 彼は彼女なしには生きられない。

　　他沒有她就不能活下去。

2. 上司からの許可なしに、このプロジェクトは進められない。

　　沒有上司的許可這個計畫就不能進行。

3. 戦争で子供を失ったことは涙なしには、語れない。

　　因戰爭而失去孩子這件事一說到就會流淚。

4. 体の弱い高齢者は人の助けなしには暮らせない。

　　身體虛弱的老年人沒有他人的幫助就無法生活。

5. 努力することなしに成功などできない。

　　沒有努力就不能成功。

説明：「〜なしに（は）」是文語形容詞「なし」加助詞「に」所形成（有時可加「は」）。前接名詞，若接動詞時須加「こと」。此句型為非存在的條件句，表「若沒有前文的存在，後文就難以實現」，相當於口語的「〜しなければ〜」，句尾與動詞可能形的ない形相呼應。

～ならでは

接続：〔名詞〕ならでは

意味：～だけがそのような素晴らしいことを実現できる。

　　　只有～才有的；只有～才能～。

用例：

1. この料理のすばらしさは達人の腕ならではだ。

　　這道料理的棒只有專家的手腕才有的。

2. 果物のおいしさはこの季節ならではだ。

　　水果的美味只限於這個季節才有。

3. あの民宿は地元ならではの料理でもてなしてくれる。

　　那家民宿以當地的料理來接待。

4. イルミネーションが始まってクリスマスならではの雰囲気が漂っている。

　　開始點亮聖誕燈飾之後，洋溢著聖誕節特有的氣氛。

5. アイスランドの雪祭りを見に行ったが、北国ならではの風情があった。

　　去看冰島的雪祭，只有那裡才有北國的風情。

説明：用在表達感慨「只有～才能～」的時候。前面多接表人物、組織的名詞，表「若沒有～根本不可能～」的意思。後接名詞時用「名詞Aならではの名詞B」這樣的形態，如例3、4、5。

～なり

接続：〔動詞辞書形〕なり

意味：～という動作の後にすぐ連続して次のことをする。

剛～就立刻～；一～就～。

用例：

1. 彼女は生き別れた子供を見るなり泣き出した。

   她一看到生離的孩子就哭了出來。

2. 彼は席に座るなり弁当を食べ始めた。

   他一坐到位子上就開始吃便當。

3. 彼は一口牛乳を飲むなり、戻してしまった。

   他喝了一口牛奶就馬上吐出來。

4. 彼が家に入るなり、ワンちゃんが飛びかかってきた。

   他一到家狗兒就飛奔過來。

5. 彼たちは初めて会うなり意気投合した。

   他們第一次見面就意氣相投。

説明：表「一～就～」之意，用在表達「在做某事的同時也做了某件非
比尋常的事」。由於「なり」是描述現實中所發生的事情，因此
不使用在說話者自己本身的行為，同時後文不會出現表意志的行
為、命令句、否定句等等。可以和「～とすぐ」「～や否や」做
替換。

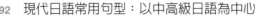

注意点

「～なり」也可前接動詞た形，此時表「～著；一直～」之意，也就是某事態發生後就一直保持其狀態。此時可以和「そのまま」替換。

1. 彼は妻と喧嘩して、家を飛び出したなり帰ってこない。

　　他和老婆吵架離家出走後就一直沒有回來。

2. 彼は「ごめん」と言ったなり、黙ってしまった。

　　他道歉後就沉默不語。

～なり～なり

接続：〔名詞〕なり〔名詞〕なり

　　　　〔動詞辞書形〕なり〔動詞辞書形〕なり

意味：～や、～。～でもいいし、～でもいいから、何かをする。

　　　　或是～或是～；～也好～也好。

用例：

1. 仕事が忙しくて食事する余裕がない時は、パンなりおにぎりなりをコンビニで買って食べる。

   因工作而忙到沒有吃飯的餘裕時，就在便利商店買個麵包或是飯糰來吃。

2. 注文は電子メールなり、ファックスなりで送ってください。

   訂單請用電子郵件或是傳真傳送。

3. 魚を料理する時は、焼くなり煮るなりしてください。

   用魚做料理時，請用烤的或是用煮的。

4. 休みの時は、いつも映画を見るなり、本を読むなりして過ごす。

   放假的時候常常看電影或是看書。

5. メールなり、電話なり、ご連絡くだされば、いつでもお伺いします。

   電子郵件也好或是電話也好，只要您來聯絡，我隨時去拜訪您。

説明：舉出兩種同性質的事物來表選擇其一方，也就是「可以是～也可以是～」的意思。不過，此意味著除了這兩個事物之外，也有其他的可能性。用在列舉例子時不用過去式。另外，由於含有「不管甚麼都可以」的意思，所以不用在長輩或上司上。

 **～なりに**

接続：〔名詞／な形容詞（～だ）／い形容詞・動詞普通形〕なりに

意味：～という限界がある中で、精一杯のことをする。

就～的程度上。

用例：

1. 子供も子供なりに自分の将来を考えているのだ。

   孩子也會用孩子自己的方式思考未來。

2. プロはプロなりの作品を出さなければならない。

   專家必須交出有專家水準的作品。

3. 失敗しても、それなりの価値はある。

   即使失敗也會有其失敗的價值。

4. 新人社員は経験が浅いなりに、一生懸命に頑張っている。

   新進員工經驗雖淺但會盡全力。

5. 下手でも下手なりに懸命に頑張れば、気持ちが伝わるものだ。

   雖然笨拙但若努力的話，那份心意定能傳達出來。

6. 年を取ったら、年を取ったなりに、楽しみも増えるものだ。

   上年紀之後隨著年齡的增長，樂趣也增多。

7. 分からないなら、分からないなりに、調べる努力をしなさい。

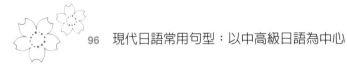

不懂的話，就要做其程度的調查努力。

> 説明：接在表人的名詞之後，用來表達「適合某人程度而做某事」之意，此時符合某程度，雖然不充分但順應各個程度。可以和「相応に」「それ相応の」做替換。謙遜地敘述某事時，常用「私なりに」，但是不使用在長輩或上司上。後接名詞時爲「なりの名詞」。

〜に至っては

接続：〔名詞／動詞辞書形〕に至っては

意味：〜という極端な例では、ある状態だ。

　　　至於〜：甚至連〜。

用例：

1. 父も母も私の転職に大反対し、姉に至っては、そんなことより早く結婚しろと言い出す始末だった。

   父母對我換工作大大反對，至於我姉姉則説出與其換工作不如早一點結婚。

2. 彼女は幼い頃からピアノが上手で、母に至っては真剣にヨーロッパ留学を考えるほどだった。

   她從小就很會彈鋼琴，甚至連母親都認真考慮讓她去歐洲留學。

3. そのニュースを聞いて家族は大喜びで、祖母に至っては感動のあまり涙を流すほどだった。

   聽到那個消息家人都非常高興，甚至連祖母都感動得幾乎流涙。

4. 大学入試に落ちたショックで、彼は誰とも話さなくなり、外出するに至ってはこの1週間家から一歩も出ていない有様だ。

   因沒考上大學的衝擊，他變得不和任何人説話，至於外出的話，他這一星期連一步都沒有踏出家門的樣子。

5. 治安が悪化するに至っては、政府の政策が誤りだったことを認めざるを得ない。

　　甚至連治安都惡化，就不得不承認政府的政策是錯誤的。

説明：為較舊的生硬説法。多用在負面評價事態之中舉出最極端的例
　　　子，並針對那種場合將會是怎樣來做説明。

〜に至る

接続：〔名詞／動詞辞書形〕に至る

意味：事態が〜まで進んで、ある状態になった。

　　　到達〜；達到〜；發展到〜地步。

用例：

1. 交渉は深夜まで及びやっと合意に至った。

　　交渉至深夜終於達成協議。

2. 大学卒業後、大手商社に入社して現在に至る。

　　大學畢業後就進入大公司直到現在。

3. 先祖から我々に至る一家の系図を作った。

　　從祖先到我們這一家的族譜已經完成。

4. 孤独は死に至る病だと思われる。

　　孤獨被認為是會致死的疾病。

5. 風邪だと思って放置していたら、肺炎になって入院するに至った。

　　以為是感冒而不管它，結果演變成肺炎到要住院的地步。

説明：為文章體，表「接連發生許多事之後，終於變成〜」或「到達〜」之意。表「到達〜」之意時，有空間到達的場合，也有到達變化的結果或到達某階段、結論的場合。後面常出現像「やっと」、「ついに」、「とうとう」等等表「終於」之意的詞。

～に至^{いた}るまで

接続：〔名詞〕に至るまで

意味：～という意外なことにまで、あることの範囲が及ぶ。

　　　至～爲止；直到～。

用例：

1. 雪^{ゆき}が降^ふったので、頭^{あたま}の上^{うえ}から足^{あし}の先^{さき}に至^{いた}るまで防寒^{ぼうかん}着^ぎで完全武装^{かんぜんぶそう}して出^でかけた。

   因爲下雪，從頭頂到腳底都穿著禦寒衣物，全副武裝地出門了。

2. 消費税^{しょうひぜい}の増税^{ぞうぜい}には若者^{わかもの}から高齢者^{こうれいしゃ}に至^{いた}るまでほぼ全^{すべ}ての国民^{こくみん}から反対^{はんたい}の声^{こえ}が上^あがった。

   對於消費稅的增加，從年輕人到老年人幾乎全體國民的反對聲浪高漲。

3. 施設^{しせつ}の設立^{せいりつ}に至^{いた}るまで大変^{たいへん}だった。

   到設施成立爲止都非常辛苦。

4. 契約^{けいやく}に至^{いた}るまでのことをいろいろと考^{かんが}えておいたほうがいい。

   到簽約爲止的事要多多考慮比較好。

5. 戦争^{せんそう}の影^{かげ}を今日^{きょう}に至^{いた}るまで引^ひきずっている。

   戰爭的陰影到現在還拖續著。

説明：表「事物的範圍已經達到某程度」之意。強調上限，所以接在表「極端」意思的名詞之後。和「まで」所表的意思幾乎相同，但是用在細小的範圍，常和「から」一起使用。

～に難<かた>くない

接続：〔名詞〕に難くない

意味：その状況を考えると、実際に見なくても、～することは難し
くない。

不難～。

用例：

1. 全然勉強<ぜんぜんべんきょう>しない彼<かれ>が試験<しけん>に落<お>ちたことは想像<そうぞう>に難<かた>く
ない。

   完全不念書的他，考試不及格是意料中的事。

2. 機密<きみつ>が漏<も>れれば世間<せけん>がパニックに陥<おちい>ることは想像<そうぞう>に
難<かた>くない。

   不難想像若機密洩漏，世界就會陷入混亂。

3. 彼女<かのじょ>の苦労<くろう>は想像<そうぞう>するに難<かた>くない。

   她的操勞是不難想像的。

4. 日本<にほん>では、この程度<ていど>の地震<じしん>はよくあるが、ヨーロッ
パでは大混乱<だいこんらん>になることは想像<そうぞう>するに難<かた>くない。

   在日本這樣程度的地震常常發生，但在歐洲的話不難想像會
造成大混亂。

5. 中間管理職<ちゅうかんかんりしょく>の彼<かれ>の立場<たちば>は理解<りかい>するに難<かた>くない。

   任中間管理職的他所處的立場是不難理解的。

説明：用在「從狀況去考慮容易做～」的時候，像「想像に難くない」、

「理解に難くない」這些是屬於慣用性的用法，爲較生硬的文章體表現。前接名詞時多爲像「想像」、「理解」這類具有動作性的名詞。另外，一般前面多接名詞，但也有像例3、4、5這些接動詞的場合。

〜に即して

接続：〔名詞〕に即して

意味：〜に合わせて。

根據〜；按照〜。

用例：

1. 実態に即して、当該の法律を適切かつ柔軟に運用する。

   根據實際情況，要將相應的法律運用得適當且柔軟。

2. 現実に即して行動する。

   根據現實而行動。

3. 地域特性に即して、交通体系を作る。

   根據地域特性規劃交通體系。

4. 経営者の意図に即して、会社を運営する。

   根據經營者的意圖來運作公司。

5. 彼の伝記は全て事実に即して書かれたものだ。

   他的傳記是完全根據事實所寫的東西。

> 説明：接在表事實、體驗、規範等的名詞之後，表「以〜事爲基準」之意。其後若出現名詞的場合，則用「に即した＋名詞」。

～に堪(た)える～

接続：〔名詞／動詞辞書形〕に堪える〔名詞〕

意味：～するだけの価値がある。

　　　（能）耐～；承受～；非常禁得起～的價值。

用例：

1. ベストセラーの 小説(しょうせつ)は読(よ)むに堪(た)える本(ほん)だ。

　　暢銷小説是很耐讀的書。

2. その研究(けんきゅう)はあまり根拠(こんきょ)がなく、議論(ぎろん)に堪(た)えるもので
   はない。

　　那個研究沒有什麼根據，是禁不起議論的東西。

3. 彼(かれ)の作品(さくひん)のうちで、評価(ひょうか)に堪(た)えるのはこれだけだ。

　　他的作品中，只有這個能禁得起評價的。

4. 最近(さいきん)長期間(ちょうきかん)の使用(しよう)に堪(た)えるエコ商品(しょうひん)が次々(つぎつぎ)と開発(かいはつ)
   された。

　　最近耐久又耐用的節能商品接二連三地開發出來。

5. あの子(こ)は大人(おとな)の鑑賞(かんしょう)に堪(た)える絵(え)を描(か)く。

　　那個孩子能畫出禁得起大人鑑賞的畫。

説明：前接具有動作性的名詞，表「有那樣做的價值」，有不認輸、忍
　　　耐之意。若是表否定之意時，則用「～に堪える〔名詞〕ではな
　　　い」。

注意点

　　「〜に堪えない」用在「因不愉快而無法忍受所看到、聽到的事情」的場合，表「不堪〜；忍耐不了〜」之意，爲較生硬的説法，可以和「〜ていられない」做替換。前接名詞或動詞辭書形，當接動詞時只能接在像「見る」、「讀む」、「聞く」這些少數動詞之後。當前面爲表自發感情的名詞時，表「感覺非常〜的意思」，例如「憤慨に堪えない」、「悲しみに堪えない」、「同情に堪えない」。

1. そのスキャンダル記事_{きじ}は読_よむに堪_たえない。

   那件誹聞的記載不堪閱讀。

2. 殺人現場_{さつじんげんば}の有様_{ありさま}は、見_みるに堪_たえなかった。

   殺人現場的原貌讓人不忍看下去。

3. そのニュースは、根拠_{こんきょ}のない推測_{すいそく}ばかりで、批判_{ひはん}に堪_たえないものだった。

   那則新聞盡是沒根據的推測，是禁不起批判的東西。

〜に足りない

接続：〔動詞辞書形〕に足りない

意味：〜する価値がない。

　　　不足〜；不值得〜。

用例：

1. 芸能人のスキャンダルは取るに足りないニュースだ。

   演藝人員的醜聞是不值得報的新聞。

2. この程度の努力は言うに足りないものだ。

   這樣程度的努力是微不足道的。

3. 死は恐れるに足りないことだ。

   死是不足以害怕的事。

4. 面接試験でも、しっかり準備すれば恐れるに足りないものだ。

   即使面試若好好準備的話，就不足以感到恐懼。

5. もっと内容のしっかりした大きな辞書でないと、翻訳の用に足りない。

   如果不是内容更充實的大字典的話，便不足以用在翻譯上。

> **説明**：表「沒什麼必要、沒什麼價值」的意思。爲較生硬的説法。

 注意点

「足らない」是第一類動詞「足る」的否定説法，「足りな

い」則是第二類動詞「足りる」的否定説法。兩者都不能説它錯，但「足りない」是共通語，所以現在被當成規範來使用。另外，肯定形的「足る」雖不常被使用，而否定形的「足らない」則比較常被使用。

1. 芸能人の離婚騒動など、取るに足らないニュースだ。

   演藝人員的離婚騷動之類，是不值得採用的新聞。

2. 結核は、治療すれば、恐れるに足らない感染症だ。

   結核病若治療的話，是不足以感到恐懼的傳染病。

〜に足る〜

接続：〔動詞辞書形〕に足る〔名詞〕

意味：〜する価値がある。

値得〜。

用例：

1. 彼は尊敬するに足る人だ。

   他是個值得尊敬的人。

2. 口コミで得たその情報は、信頼に足るものとは思えない。

   由口耳相傳得到的那個情報，我不認為是值得相信的東西。

3. 彼は常識と良識が備っていて相談するに足る相手だ。

   他兼具常識和智慧，是值得商量的對象。

4. 彼は取締役に足るだけの才能がある。

   他有足以當董事的才能。

5. 彼は推薦するに足る能力を持っている。

   他擁有值得推薦的能力。

説明：為較正式的說法，表「可以或值得做〜的事或人」之意，前面多
接像「推薦する、信頼する、議論する」等等的動詞。後接名詞
時為「〜に足る〔名詞〕」。從歷史的角度來看，「足る」是
『万葉集』中也會出現的傳統單字，現在對「足る」的使用，則
在像「信用するに足る情報（值得相信的資訊）」這種句子一
樣，大多用在稍微老舊而且生硬的詞彙上，當成口語時則不太常
被使用。

〜に<ruby>止<rt>とど</rt></ruby>まらない

接続：〔名詞／動詞辞書形〕に止まらない

意味：〜の範囲に収まらないで、もっと広く及ぶ。

不僅〜；不限於〜。

用例：

1. <ruby>彼<rt>かれ</rt></ruby>がした<ruby>事<rt>こと</rt></ruby>はこれだけに<ruby>止<rt>とど</rt></ruby>まらない。

   他所做的事不僅止於這些而已。

2. デザインとは<ruby>見<rt>み</rt></ruby>た<ruby>目<rt>め</rt></ruby>だけに<ruby>止<rt>とど</rt></ruby>まらない。

   所謂設計是不限於眼睛所見之物。

3. <ruby>婚活<rt>こんかつ</rt></ruby>ブームは<ruby>若者<rt>わかもの</rt></ruby>に<ruby>止<rt>とど</rt></ruby>まらず、<ruby>中年<rt>ちゅうねん</rt></ruby>にも<ruby>及<rt>およ</rt></ruby>ぶ。

   結婚活動的潮流不僅限於年輕人，甚至觸及到中年人。

4. <ruby>今後<rt>こんご</rt></ruby><ruby>国内<rt>こくない</rt></ruby>に<ruby>止<rt>とど</rt></ruby>まらず、<ruby>海外事業<rt>かいがいじぎょう</rt></ruby>にも<ruby>重点<rt>じゅうてん</rt></ruby>を<ruby>置<rt>お</rt></ruby>く。

   今後不僅限於國內，海外事業也是發展的重心。

5. この<ruby>流行<rt>りゅうこう</rt></ruby>は<ruby>日本<rt>にほん</rt></ruby>に<ruby>止<rt>とど</rt></ruby>まらず、<ruby>世界<rt>せかい</rt></ruby>にも<ruby>広<rt>ひろ</rt></ruby>がっていった。

   這股流行風不僅限於日本，且已經流行到世界各地了。

6. <ruby>麻薬<rt>まやく</rt></ruby>やドラッグは<ruby>健康<rt>けんこう</rt></ruby>を<ruby>害<rt>がい</rt></ruby>するに<ruby>止<rt>とど</rt></ruby>まらず、<ruby>死亡<rt>しぼう</rt></ruby>にも<ruby>繋<rt>つな</rt></ruby>がる。

   麻藥和毒品不僅危害健康，甚至導致死亡。

説明：表「某事不僅超越了前面所表的狹窄範圍，且已經到了後面所表的廣大範圍」之意。「〜に止まらない」在句中時用「〜に止まらず」，如例3〜6。

〜に〜ない

接続：〔動詞辞書形〕に〔動詞ない形〕＋ない

意味：〜したいが、何かの事情でできない。

即使想〜也不能〜。

用例：

1. せっかくのプレゼントなので、捨てるに捨てられない。

   因爲是別人特意送的禮物，即使想丟也不能丟。

2. 彼女はいきなり会社を止めた。何か言うに言えない事情があったのかもしれない。

   她突然辭職或許有想説卻也無法説的隱情。

3. 初恋は忘れるに忘れられない。

   初戀即使想忘記也無法忘記。

4. 何回も裏切られたので、彼女を信頼するに信頼できない。

   因爲被背叛了好幾次，即使想信任她也無法信任。

5. PK戦で負けるなんて泣くに泣けない。

   足球賽竟然會輸在PK戰，即使想哭也哭不出來。

説明：「〜に〜ない」多用在心理方面的事情。前後使用相同動詞，且後面多爲動詞可能形的ない形。

注意点

　　「〜にも〜ない」為「〜に〜ない」的類似表現，其接續方式為「〔動詞意向形〕にも〔動詞ない形〕＋ない」，多用在物理方面的事情。

1. 何^{なに}も言^いわずに引越^{ひっこ}した彼^{かれ}に連絡^{れんらく}を取^とろうにも取^とれない。

   什麼也沒説就搬家的他，就算想聯絡也無法聯絡。

2. デリカシーのない冗談^{じょうだん}で笑^{わら}おうにも笑^{わら}えなかった。

   不體貼的玩笑就算想笑也笑不出來。

3. お金^{かね}がなければ、買^かい物^{もの}をしようにもできない。

   若沒錢的話就算想買東西也無法買。

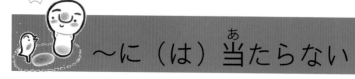

～に（は）当たらない

接続：〔名詞／動詞辞書形〕に（は）当たらない

意味：それほど大したことではないから、～するのは適当ではない。

　　　不必～；用不著～。

用例：

1. 本人の努力を評価するのだから、差別には当たらない。

　　因爲是評價當事者的努力，用不著歧視。

2. 当時の習慣としては当然のことであり、非難には当たらない。

　　以當時的習慣而言是理所當然的事，不必責難。

3. ゴシップ記事にコメントするには当たらない。

　　對於花邊新聞用不著去評論。

4. 自業自得で同情するには当たらない。

　　因爲是自作自受，用不著同情。

5. ワールド・ベースボール・クラシックで日本が優勝したが驚くに当たらない。

　　在世界棒球大賽中，對於日本獲勝用不著驚訝。

説明：較生硬的説法。用在説話者給予像「沒有值得到做～的價值」這樣低評價的時候，前面多出現表「驚く」、「感心する」、「非難する」這類動詞。前接的名詞爲具有動作性的名詞。可以和「～する必要がない」、「～する価値がない」、「～しなくてよい～」做替換。

〜に控えて

接続：〔名詞〕に控えて

意味：時間的にそう遠くないうちに。

（時間上）即將面臨〜。

用例：

1. 彼は結婚式を直前に控えて、落ち着かない気持ちで毎日を過ごしていた。

   他將要結婚，每天心情都平靜不下來。

2. 就職活動を目前に控えて、毎日慌しい。

   面臨求職活動，每天都很慌亂。

3. 日本語能力検定試験を目前に控えて、毎日猛勉強の日々だ。

   即將面臨日語檢定考試，每天都努力學習。

4. 入学式を間近に控えて、息子は毎日ウキウキしている。

   對於即將來臨的入學典禮，兒子每天都喜不自禁。

5. 卒業論文の締め切りを間近に控えて、学生達は毎日頑張っている。

   畢業論文的截止日期即將來臨，學生們每天都很努力。

説明：表「在時間上並沒有那麼久遠」的意思。「近日中に」、「近々」、「近日」為其類義語。

〜にひきかえ

接続：〔名詞〕にひきかえ

意味：〜とは大きく違って、そのことはいい／悪い。

〜とは反対に、そのことはいい／悪い。

與〜不同；與〜相反。

用例：

1. 日本海側が大雪なのにひきかえ、東京は毎日晴天が続く。

   相對於靠日本海一帶下著大雪，而東京卻每天都持續著晴天。

2. 夫は寡黙なのにひきかえ、私はとてもおしゃべりだ。

   相對於丈夫的沉默寡言，我卻很健談。

3. 去年の大学入試は難しかったが、それにひきかえ今年は簡単だった。

   相對於去年困難的大學考試，今年卻很簡單。

4. 兄は足が速いのにひきかえ、弟の運動神経は良くない。

   相對於哥哥跑得快，而弟弟的運動神經卻不好。

5. 太郎は太っ腹なのにひきかえ、次郎はけちだ。

   相對於太郎大方，而次郎卻小氣。

説明：用在「與前面所表事態完全相反或差異很大時的主觀態度」的場合，表「一方是〜，相反的另一方是〜」的意思，口語多用「〔名詞〕に比べて」。與「〔名詞〕にたいして」做比較的話，「〔名詞〕にたいして」是以中立的立場冷靜地對照前後所表的事態。

〜にも増して

接続：〔名詞〕にも増して

意味：通常／以前のことよりも、ほか／現在のことの方が程度が上だ。
比〜更〜。

用例：

1. 優勝したことにも増して皆と一緒にプレーできたことがうれしい。

   比起優勝，更重要的是大家一起玩的快樂。

2. 以前にも増して、彼の日本語は上達している。

   比起以前，他的日文更進步了。

3. 誰にも増して母国を愛する。

   比任何人都更愛祖國。

4. いつにも増して故郷が懐かしい。

   比起以前更加懷念故鄉。

5. 何にも増して彼女にとって大事なことは誠意を出してみせることだ。

   對她而言，釋出誠意給她看是比什麼都還要來得重要。

説明：用在想表達「雖然已經是這樣了，但比這個更加〜」的時候，可以和「〜以上に」做替換。若前面加像「なによりも」「誰よりも」這樣的疑問詞時，就變成「比什麼都〜：比誰都〜」的意思。可以和「なおさら」做替換，此時列舉特別的例子，表「因為連〜都這樣，別說其他的場合」之意。

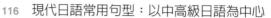

～の極(きわ)みだ

接続：〔名詞〕の極みだ

意味：物事の行きつくところ。極限。究極の～。～すぎる。

　　　～的極限；～的頂點；非常地～。

用例：

1. 相手の挑発に乗って暴言を吐くなんて、幼稚の極みだ。

　　因對方的挑釁而說出粗魯的話，是非常幼稚的。

2. いつも味方をしてくれる友人を裏切るなど愚劣の極みだ。

　　背叛一直站在己方陣線的朋友是非常愚笨的。

3. 格下の相手に負けるなどは屈辱の極みだ。

　　輸給比自己低階的對手是非常屈辱的。

4. オリンピックの 200 メートル走で転倒したことは痛恨の極みだ。

　　在奧運二百公尺賽跑中跌倒是非常痛恨的。

5. 命を助けてくれた医者には感謝の極みだ。

　　對於救我一命的醫生非常感謝。

説明：表「再沒有超越以上的極限狀態」之意。用在表說話者激動時的心情，屬於較舊的表達方式。像「感激の極み」、「痛恨の極み」是屬於慣用的說法。

〜はおろか

接続：〔名詞〕はおろか

意味：〜はもちろん、程度が違うほかのことにも同じことが言える。〜だけでなく。

不要說〜，就連〜也〜。

用例：

1. 彼は漢字はおろか、平仮名すら書けない。

   別說漢字，他連平假名都不會寫。

2. 結婚はおろか、恋人もいない。

   別說結婚，連情人也沒有。

3. 扁桃腺炎で食べるのはおろか、水さえ飲めなかった。

   因為扁桃腺發炎的關係，別說吃東西，連水都沒辦法喝。

4. 隣人のことは顔はおろか、名前も知らない。

   鄰居的事別說長相，連名字都不知道。

5. 私はバイオリンはおろかギターも弾けない。

   我別說是小提琴，連吉他都不會彈。

説明：多和否定句一起使用，表「理所當然的事」或「不用說〜」之意，也就是前面以程度較輕的事物來強調後面。若和「も」、「さえ」、「まで」等表強調的詞一起使用的話，就能表說話者驚訝或不滿的情緒。不用於命令、要求、勸誘、禁止等這類指使對方做某事的句子，可以和「〜はもちろん〜も」、「〜はもちろんのこと」、「〜はいうまでもなく」做替換。屬於較舊的生硬文體，「どころか」為口語的用法。

～ばこそ

接続：〔名詞であれば／な形容詞（～だ→であれば）／い形容詞（～い→ければ）／動詞ば形〕こそ

意味：まさに～からそうなる。～だから、～。

正因爲～才～。

用例：

1. 親であればこそ厳しいことを言うのだ。

   就因爲是父母親才會説出嚴格的話。

2. 慌しければこそミスを犯しやすいのだ。

   正因爲慌張而容易犯錯。

3. 健康であればこそ、仕事ができるのだ。

   正因爲有健康才能工作。

4. 喜びも悲しみも、生きていればこそ、味わえる。

   無論是喜或悲只要活著就能品味。

5. きちんとした食生活をすればこそ、本当のダイエットの効果が出るのだ。

   正因爲飲食和起居正常，才眞正有減肥的功效。

説明：「ば」接在「こそ」之前，表「就是這個理由」的意思，爲較舊的説法。強調理由，句尾多和「のだ」一起出現。雖然一般可以和表理由的「から」做替換，但若使用「から」的話，就會失去強調理由的意思。

注意点

　　　「からこそ」爲其類義表現，它所表的原因、理由可以使用在正面評價（如例1）或負面評價（如例2），但「ばこそ」難用在負面評價事態的原因、理由。

1. 何回も失敗したからこそ、成功につながった。

　　就因爲多次失敗才能成功。

2. 先生の忠告を聞かなかったからこそ、失敗したのだ。

　　就因爲沒聽老師的忠告才會失敗。

～ひとり～だけでなく

接続：～ひとり〔名詞〕だけでなく

意味：単にそれだけでなく。ただそれだけでなく。

不只是～；不僅僅是～。

用例：

1. 地球温暖化は、ひとりアメリカだけでなく、全世界の問題でもある。

   地球暖化不僅是美國，也是全世界的問題。

2. ボランティア活動は、ひとり個人だけでなく、みんなで頑張るべきだ。

   慈善活動不只是個人，必須由大家努力。

3. 環境汚染はひとりわが国だけでなく、先進国全体の問題でもある。

   環境污染不僅是我國，更是先進國家全體的問題。

4. いじめはひとり学校だけでなく、社会全体でも見られるものだ。

   霸凌不僅是在學校，即使在社會上也都看得到。

5. 留年はひとり本人の問題だけでなく、親にも心配をかける。

   留級不僅是本人的問題，也會讓雙親擔心。

> 説明：表「不單只有這樣」的意思，為文章體。用在有點生硬的話題上，「～ひとり～のみならず」為其文言的表現。

～べからざる～

接続：〔動詞辞書形〕べからざる〔名詞〕

意味：議論する余地がない。することができない。

　　　不能～：不可～。

用例：

1. 児童虐待は犯すべからざる罪である。

　　虐待兒童是不該犯的罪。

2. 無断外泊は許すべからざることだ。

　　沒有請假就外宿是不能原諒的事。

3. 科学者にとって思考力は欠くべからざるものである。

　　對科學家而言不可沒有思考力。

4. 彼の行為は許すべからざるものだ。

　　他的行爲無法原諒。

5. これは誰にも言うべからざる話である。

　　這是無法向誰説的話。

説明：「べからざる」爲連語，「べから」爲可能助動詞「べし」的第一變化（未然形）。「べからざる〔名詞〕」爲「べきではない〔名詞〕」的文言表現，説明其行爲或事態是不正確、不被期待的，來表示「無法做～」、「不能做～」的意思。「許すべからざる行爲」、「欠くべからざる人物」爲慣用表現。

～べからず

接続：〔動詞辞書形〕べからず

意味：～してはいけない。～するな。

　　　禁止～；不得～；不可～。

用例：

1. この<ruby>川<rt>かわ</rt></ruby>で<ruby>釣<rt>つ</rt></ruby>りをする<u>べからず</u>。

　　在這條河川禁止釣魚。

2. ここに<ruby>駐車<rt>ちゅうしゃ</rt></ruby>する<u>べからず</u>。

　　禁止在這裡停車。

3. <ruby>初心忘<rt>しょしんわす</rt></ruby>れる<u>べからず</u>。

　　莫忘初衷。

4. <ruby>関係者以外<rt>かんけいしゃいがい</rt></ruby>は<ruby>中<rt>なか</rt></ruby>に<ruby>立<rt>た</rt></ruby>ち<ruby>入<rt>い</rt></ruby>る<u>べからず</u>。

　　非工作人員禁止進入。

5. <ruby>働<rt>はたら</rt></ruby>かざる<ruby>者食<rt>ものく</rt></ruby>う<u>べからず</u>。

　　不勞動者勿食。

説明：「べからず」為連語，是推量助動詞「べし」的第一變化（未然形）加否定助動詞「ず」。是感覺非常強烈的禁止表現，為「べきではない」的文言形式，敘述某行為是不正確、不好的，來表「不能做～」的意思。多用在佈告欄或看板上，是屬於生硬的表現，不用在口語。可以和「～ことができない」、「～てはいけない」做替換。

〜べく

接続：〔動詞辞書形〕べく

意味：〜ようと思ってある行為をする。〜しようと。

　　　爲了〜：爲了能夠〜。

用例：

1. 目標を達成するべく休まずに励む。

　　爲了達成目標，不休息地努力著。

2. 留学するべく日本に行った。

　　爲了留學而去日本。

3. 給料が上がらない理由を考えるべく、主要国の1人あたり GDP を分析してみた。

　　爲了思考無法加薪的理由，試著分析主要國家的一人平均所得。

4. トラブルを速やかに解決すべく努力致します。

　　爲了快速解決問題而努力。

5. お医者さんは患者のためにやれることをやるべく、治療し続ける。

　　醫生爲了病患盡全力持續治療。

説明：文言助動詞「べし」的連用形，用在表「爲了某目的而那樣做」的時候，屬於較生硬的表現，不過在現代語中也能使用。後面不出現表依賴、命令、要求的句子。

～べくもない

接続：〔動詞辞書形〕べくもない

意味：～できそうもない。～する余地もない。

無從～：無法～。

用例：

1. 不況の中、家族旅行など望むべくもない。

   景氣不好的情況下，無法期待家族旅行。

2. 天災を前にして、人間の力は到底及ぶべくもない。

   天災當前，就算人力也無法改變。

3. 自殺した原因は他人には知るべくもない。

   自殺的原因除了本人以外無法得知。

4. ベテランに素人の彼女が敵うべくもない。

   身為外行人的她比不過老手。

5. このチームの現在の実力では、優勝など望むべくもない。

   以這隊現在的實力來看，無法期待能獲勝等。

説明：表「不可能：無法做～」的意思，屬於較生硬的説法，現在不大使用。

〜もさることながら

接続：〔名詞〕もさることながら

意味：〜もそうだが、そればかりでなく。

〜也是不用説的事；當然如此；〜不用説；〜更是如此。

用例：

1. このレストランは味もさることながら、値段も安い。

   這家餐廳別説味道，連價格也很便宜。

2. 彼女は見掛けもさることながら、性格もとてもいい。

   她不用説外貌，連個性也很好。

3. 彼女は成績もさることながら、運動神経もいい。

   她不用説成績，連運動神經也很好。

4. このプロジェクトは内容もさることながら、担当者の顔ぶれも豪華だ。

   這個計畫不用説内容，連負責班底也陣容龐大。

5. 彼が音楽家として成功した影には、才能もさることながら、相当な努力があったに違いない。

   他以音樂家成功的背後，不用説才能，一定也付出相當大的努力。

説明：用在表「不能忽視前面所表事態，但後面的事也得〜」的時候，後文爲其重點所在，一般使用在被認爲是好的事態上。

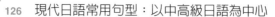

〜ものを

接続：〔い形容詞（〜い）・（〜い→かった）／な形容詞（〜だ→な）

／動詞辞書形・た形〕ものを

意味：〜が順当に成立していれば良かったのに、実際はそうではな

かった。

明明〜的話就好了，但是卻〜；儘管〜的話就好了，但是

卻〜。

用例：

1. 素直に謝れば可愛いものを、彼女は意地を張ってい
   る。

   老實道歉的話明明就很可愛，她卻要使性子賭氣。

2. 誰かに聞けばよかったものを、自分の勘をあてにし
   すぎて、試験の時間を間違えてしまった。

   問他人就可以的事，但因太相信自己的直覺反而弄錯考試時
   間。

3. 一度言えば十分なものを、何度も同じ話をする。

   同樣的話說一次就足夠，卻要說好多次。

4. よく休養していれば治るものを、無理をするから、
   また病気を悪化させてしまうのだ。

   好好休養的話就能痊癒，卻因為勉強而使病情更加惡化。

5. もう少しやればうまくいったものを、なぜ止めたの？

   再繼續做一下的話就能順利完成的事為什麼要放棄？

6. あのミスさえなければ、完璧(かんぺき)だったものを。

　　若沒有那個錯誤的話就非常完美。

7. もっと早(はや)く諦(あきら)めればいいものを。

　　若早一點放棄的話就好了。

説明：常以「ば～ものを」、「ても～ものを」的形態出現，用在表達
　　　後悔、不滿、事與願違時，多含有痛恨、責難、後悔、不信任、
　　　不滿等情緒。為逆接表現，和「のに」所表的意思幾乎相同，後
　　　文為說明事實的句子。有時也可省略後文，如例6、7。

～や否や

接続：〔動詞辞書形〕や否や

意味：～するとすぐに～。

　　　一～就～。

用例：

1. 彼が帰宅するや否や、雨が降り出した。

　　他一回家就下起雨。

2. 私は目的地に着くや否や彼に電話した。

　　我一到目的地就打電話給他。

3. 彼は私を見るや否や走り去った。

　　他一見到我就跑走。

4. その音を聞くや否や、犬は逃げていった。

　　一聽到那個聲音，狗就立刻逃跑。

5. 子供は母親を見るや否や、わっと泣き出した。

　　孩子一看到母親就大聲哭出來。

説明：「～や否や」中的「否や」可省略，用在表達「前文發生後，後
　　　文緊接著發生」的時候，多為因前文的影響而引發意外之事。因
　　　是描寫現實所發生的事，因此後面不出現意志的行為、命令句、
　　　否定句等，還有不使用在說話者自身的事情。可和「～すると、
　　　すぐ（に）」、「～と同時に」做替換，「～や（否や）」為較
　　　生硬的說法。

🦎 注意点

　　「〜が早いか」在時間上爲「同時に／すぐ（に）」的意思；
「〜や（否や）」則爲在感覺上的「すぐ」意思。

1. 〇結婚<ruby>結婚<rt>けっこん</rt></ruby>する<u>や<ruby>否<rt>いな</rt></ruby>や</u><ruby>彼女<rt>かのじょ</rt></ruby>の<ruby>態度<rt>たいど</rt></ruby>は<ruby>変<rt>か</rt></ruby>わった。

　　她一結婚態度就轉變。

2. ×<ruby>結婚<rt>けっこん</rt></ruby>する<u>が<ruby>早<rt>はや</rt></ruby>いか</u><ruby>彼女<rt>かのじょ</rt></ruby>の<ruby>態度<rt>たいど</rt></ruby>は<ruby>変<rt>か</rt></ruby>わった。

　　她一結婚態度就轉變。

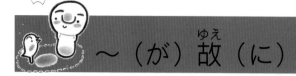

～（が）故（に）

接続：〔名詞である／な形容詞（～だ→な・である）／動詞辞書形・た形〕（が）故（に）

意味：前に述べた事を理由として、あとに結果が導かれることを表す。～のために。

因為～；由於～。

用例：

1. 天命を知るが故に人事を尽くす。

   盡人事聽天命。

2. 期待が大きすぎるが故に失望も大きい。

   因為期待過多，所以失望也多。

3. その仕事のミスは職人であるが故に許されない。

   那個工作上的失誤，正因為是老師傅所以更無法原諒。

4. マニュアル通りに行動するが故にかえって失敗する。

   照著說明書上做反而失敗。

5. 一つ一つの行動に厳しい視線を注ぐが故に彼らは余計反発した。

   用嚴格的眼光檢視一件件行動，反而讓他們更加反抗。

説明：表「～的理由、～的原因」之意，「故」是「理由」的意思，屬於較舊、較生硬的表現。前面敘述原因或理由，後面敘述其結果，「故なく」、「故あって」為慣用表現。

〜ようが

接続：〔動詞意向形〕が

意味：〜ても、〜しなければならない。〜ても、〜する。

　　　不管〜都〜。

用例：

1. 今になっていくら焦ろうがもう手遅れである。

    不管現在多麼焦慮，都已經來不及了。

2. いくら小言を言おうが、聞く耳がなければ意味がない。

    不管再怎麼埋怨，若沒有人傾聽就沒意義。

3. 就職難の現在、いくら頑張ろうが努力は報われないかもしれない。

    在就業困難的現在，不管再怎麼加油，努力都有可能無法得到回饋。

4. 先生がいくら注意をしようが、一向に教室は静かにならない。

    不管老師再怎麼警告，教室還是完全無法安靜。

5. 台風が来ようが仕事に行かなければならない。

    即使颱風來也必須去工作。

説明：屬於逆接、假設表現的句型。後面的事態不受前面的事態所拘束，逕自成立。還有，後面事態多半是表說話者的意志、判斷、

決定或評價等等的表現。常和「たとえ」、「いかに」、「どんなに」這樣的詞一起使用。

注意点

　　此句型若接在動詞的意向形或者是「名詞だろう」等等之後，表「即使做什麼也沒關係」的意思。後文常會出現表「構わない」、「違いはない」、「関係ない」、「影響ない」等等這類意思的詞。前接い形容詞時爲「〜い→かろう＋が」；な形容詞時爲「〜だ→だろう＋が」。

1. 今はとにかく仕事がしたいので、時給が安かろうが構いません。

　　總之現在因想要工作，即使時薪便宜也沒關係。

2. どんなに暮らしが質素だろうが、彼らが今も昔も幸せな家族であることに違いはない。

　　即使生活是如何地樸實，他們不管是現在或過去都是幸福的這件事是不會錯的。

3. 彼が何をしようが、私には関係ない。

　　即使他想要做什麼，都與我無關。

〜ようが〜まいが

接続：〔動詞意向形〕が〔動詞辞書形〕まいが

意味：〜しても〜しなくても、関係なく〜する。

　　　不管是〜不是〜；不管〜不〜。

用例：

1.彼女が行こうが行くまいが、我々は準備をするまでだ。

　　不管她去不去，我們都要準備。

2.お正月におせち料理を食べようが食べまいが、私には拘りはない。

　　不管過年要不要吃年菜我都不介意。

3.この話を信じようが信じまいが、それはあなた次第だ。

　　這件事信不信由你。

4.彼が進学しようがしまいが、私は自分の道を歩むつもりだ。

　　不管他要不要升學，我打算走自己的路。

5.彼が来ようが来まいが旅行は予定通りに行く。

　　不管他來不來，旅行按照原定計畫進行。

説明：同樣的動詞重複使用，表「無論採取哪一行動都〜」的意思。不管有沒有做前文的事，對說話者來講都無關緊要。也就是説，與

前文的内容無關的情況下後文成立。後面多爲表説話者判斷及決定等等的句子。

　　關於「まい」前面所接動詞必須要注意的是：當前面接第一類動詞時是用辭書形；接第二類動詞時是去「る」加「まい」；接する動詞時是用「しまい」，如例4；接「くる」時是用「こまい」，如例5。而在口語中也有用「するまい」、「くるまい」，但非正規用法。

🖋 注意点

　　前接い形容詞時爲「～い→かろう＋が」；な形容詞時爲「～だ→だろう＋が」。

1. このドレスはとても気に入っているので、安かろうが高かろうが買う。

　　這件裙子我非常喜歡，不管便宜或貴都要買。

2. 成績が優秀だろうが（優秀で）なかろうが、先生にとってはみんな同じ学生だ。

　　不管成績優不優秀對老師來説都是學生。

～ようと～まいと

接続：〔動詞意向形〕と〔動詞辞書形〕まいと

意味：～しても～しなくても、関係なく～する。

　　　不管是～不是～：不管～不～。

用例：

1. 雨が降ろうと降るまいと、私は出掛けます。

　　不管下不下雨我都要出門。

2. 君が彼女に会おうと会うまいと、私には全く関係の

　　ないことだ。

　　不管你要不要跟她見面，對我來說都是不相干的事。

3. 家族が食べようと食べまいと、母は必ず毎日晩ご飯

　　を作る。

　　不管家人吃不吃，媽媽每天都會做晚餐。

4. 君が賛成しようとしまいと、決定に変わりはない。

　　不管你贊不贊成，決定是不會改變的。

5. 台風が来ようと来まいと、試験は予定通りに行う。

　　不管颱風來不來，考試按照原定計畫進行。

説明：重複使用同樣的動詞，後文爲不影響前面條件的事情，多爲表説

　　　話者判斷及決定等等的句子。意思上與「～ようが～まいが」及

　　　口語的「～しても～しなくても」相同。

　　　　　「まい」前面接第一類動詞時是用辭書形，如例1、2；接第

二類動詞時是去「る」加「まい」，如例3；接する動詞時是用「しまい」，如例4；接「くる」時是用「こまい」，如例5。這些在口語中也有用「するまい」、「くるまい」，但不是正規用法。

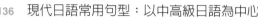 **注意点**

　　前接い形容詞時為「〔～~~い~~→かろう〕と〔～~~い~~→かろう〕と」；な形容詞時為「〔～~~だ~~→だろう〕と〔～~~だ~~→だろう〕と」。

1. おいしかろうと、まずかろうと、食べ物を粗末にしてはいけない。

　不管好吃或難吃都不能浪費食物。

2. 便利だろうと（便利で）なかろうと、私の住むところはここしかない。

　不管方不方便我能住的地方就只有這裡。

～ようと（も）

接続：〔動詞意向形〕と（も）

意味：～ても、～する。

不管～都～；即使～也～。

用例：

1. 全てが失われ<u>ようとも</u>、まだ未来が残っている。

即使一無所有，但還有未來。

2. 何が起き<u>ようとも</u>心配する必要はない。

不管發生什麼事，都沒有擔心的必要。

3. 大切なことはたとえうるさがられ<u>ようとも</u>言う。

重要的事即使被認爲很囉唆也要説。

4. たとえ明日、世界が滅び<u>ようとも</u>、木を植えよう。

縱使明天世界將毀滅，還是要種樹。

5. 台風が来<u>ようとも</u>、ここで 24 時間待機だ。

縱使颱風要來，在這裡必須二十四小時待命。

説明：屬於逆接、假設表現的句型。後文不受前文所拘束而成立，多半是表説話者的判斷及決定等等的句子，常和「たとえ」、「いかに」、「どんなに」這樣的詞一起使用。「～ようと（も）」多能與「～ようが」做替換。

〜ようと思う

接続：〔動詞意向形〕と思う

意味：〜したい。〜したいと思う。

　　　想要做〜。

用例：

1. これからは健康のために車ではなく、できるだけ歩
こうと思う。

　　今後爲了健康，我想不坐車子而盡可能用走的。

2. 連休中に映画でも見ようと思う。

　　我想在放連假時去看個電影。

3. 卒業後のことをそろそろ決めようと思う。

　　我想差不多該決定畢業後的事。

4. 年末に大掃除をしようと思う。

　　我想在年底大掃除。

5. 最近運動不足なので、エアロビクスを始めようと思
う。

　　我最近因運動不夠而想要開始跳有氧舞蹈。

説明：表説話者「想要做〜」的意志，其否定爲「〜ようとは思わな
い」。另外，「〜ようと思っている」爲説話者「一直想要
做〜」的意志，用在第三人稱時則用「〜ようと思っている＋
〔そうだ／ようだ／らしい〕」。

〜ようにも〜ない

接続：〔動詞意向形〕にも〔動詞ない形〕ない

意味：〜したいが、何かの事情でできない。

　　　即使想〜也不能〜。

用例：

1. 宿題が多すぎて、遊ぼうにも遊べない。

   作業太多，即使想玩也沒辦法玩。

2. 大雪で出掛けようにも出掛けられない。

   因爲下大雪，即使想出門也無法出門。

3. 元彼女のことを忘れようにも忘れられない。

   前女友的事情就算想忘記也無法忘記。

4. 不況で今の仕事を辞めようにも辞められない。

   因爲不景氣，想要辭掉現在的工作也沒辦法。

5. ネタがないから、ブログを更新しようにもできない。

   因爲沒有新的題材，即使想更新部落格也無法更新。

説明：多使用在「雖然有想做的強烈希望，但卻不可能實現」的場合。
　　　前後都使用相同的動詞，前面動詞爲表意志性的行爲，後面動詞
　　　則出現相同動詞的可能形，此動詞有時可以省略。後面動詞接
　　　可能形時要注意的是：第一類動詞時將語尾改成 e 段音加「な
　　　い」；する動詞時用「できない」。

注意点

　　其他類似的表現有「～しようとしてもできない」、「～しようと思ってもできない」、「～に～ない」，這些都表「即使想～卻無法做～」的意思。其中，「～に～ない」是表說話者在心理上無法做到的複雜心情，多半使用在慣用句，例如「泣くに泣けない／笑うに笑えない」。「～に～ない」多表心理上無法達到的事情，「～ようにも～ない」多表物理上無法達到的事情。

〜をおいて

接続：〔名詞〕をおいて

意味：〜のほかに。〜を除いて。

　　　除〜之外。

用例：

1. これは今をおいて他にはないチャンスだ。

　　這是過了現在就不會再有的機會。

2. 社長の適任者は彼をおいてほかにはいない。

　　適合當社長的人除了他以外沒有別人。

3. この病気が治せるのはあの医者をおいてほかにいない。

　　能夠治好這個病的，除了那位醫生之外沒有他人。

4. 長期間にわたってこのような高成長を実現した国は中国をおいてほかにない。

　　長時間實現高度成長的國家除了中國以外別無他國。

5. それは今をおいて他にはないチャンスだ。

　　那是除了現在以外就不會再有的機會。

説明：「をおいて」爲連語，是格助詞「を」＋動詞「お（措）く」的連用形「おき」的イ音便「おい」＋接助詞「て」所構成。其後出現「（ほかに）〜（い）ない」這樣的否定表現。表「除此之外沒有別的」之意，多使用在「沒有與其相比較的事物」等高評價的時候。

〜を皮切りに

接続：〔名詞〕を皮切りに

意味：物事のしはじめ。手始め。

以〜爲開端；開始〜；以〜爲契機。

用例：

1. 夏以来、東欧を皮切りに中国、南仏と多くの国々を洪水が襲った。

   入夏以來，以東歐爲始，中國、法國南部等多國都遭到洪水的侵襲。

2. 日本の人気ボーイズグループが東京公演を皮切りにワールドツアーを開始する。

   日本的人氣男子團體，以東京公演爲首站，展開世界巡迴公演。

3. 世界的に有名な歌手のジャパンツアーは、東京を皮切りにスタートしました。

   聞名世界的歌手在日本的巡迴公演，以東京開始。

4. その商品はアメリカを皮切りに世界中で発売された。

   那項商品以美國爲首在世界各地販賣。

5. その日の勉強会を皮切りにして、皆が毎月集まるようになった。

   以那天的讀書會爲開端之後，大家就每月集會一次。

説明：用在想表達「從〜開始之後，陸續〜」的時候，前文爲後面行爲的開端。

～を皮切りとして

接続：〔名詞〕を皮切りとして

意味：物事のしはじめ。手始め。

以～爲開端；開始～；以～爲契機。

用例：

1. これを皮切りとしていろいろな行事が行われる。

   以此爲開端，舉行各式各樣的活動。

2. ヨーロッパを皮切りとして、世界中が不景気になった。

   以歐洲爲開端，全世界變得不景氣。

3. この青年文化交流会を皮切りとして、両国の新しい関係を作っていこう。

   以這個青年文化交流會爲開端，將兩國之間的新關係一直製造下去。

4. 彼が歌ったのを皮切りとして、ほかの人々も歌い始めた。

   以他所唱的歌爲開端，其他人也開始歌唱。

5. それを皮切りとして日本の文化や文学が多数紹介されるようになった。

   以那個爲開端，日本文化和文學多數被介紹。

説明：前面所接的詞爲引發後面一連串所發生事態的開端，其後敘述氣勢強盛及發展的樣子。

〜を禁じ得ない

接続：〔名詞〕を禁じ得ない

意味：（ある感情を）抑えることができない。

不禁〜；禁不住〜。

用例：

1.「虚疑」の報道に怒りを禁じ得ない。

　　對於不實的報導忍不住生氣。

2. 国民は政府に失望を禁じ得ない。

　　國民對政府不禁失望。

3. 栄養失調で亡くなった子供への痛惜の念を禁じ得ない。

　　因營養失衡而死亡的小孩令人不禁惋惜。

4. 戦争のニュースを聞くたびに悲しみを禁じ得ない。

　　每當聽到戰爭的新聞就不禁感傷。

5. 何を見、何を聞いてもすべてが懐かしく、溢れ出す
　　望郷の涙を禁じ得ない。

　　無論看到什麼或聽到什麼都覺得很懷念，忍不住溢出思鄉的
　　眼淚。

説明：表「看到事物的樣子、情況，不由得心中自然產生某種心情，在
　　　意志力上有種壓抑不住」之意。前面接像「笑い」、「同情」、
　　　「怒り」等表感情的名詞，為自發的表現，屬生硬的表現，在日
　　　常生活中很少使用。使用在第三人稱時，在句尾必須加上「そう
　　　だ」、「ようだ」這類的助動詞。

〜を以^もって

接続：〔名詞〕を以って

意味：手段・方法・原因・理由を示す。事の行われる時や、限界・くぎりを示す。

以此〜（手段、方法、原因、理由）；表時間、期限。

用例：

1. 仕事_{しごと}の大変_{たいへん}さは身_みをもって体験_{たいけん}してきた。

   工作的辛苦只有親身去做才能體驗出來。

2. 毒_{どく}をもって毒_{どく}を制_{せい}す。

   以毒攻毒。

3. 彼_{かれ}は不法行為_{ふほうこうい}をもって医師免許_{いしめんきょ}を剥奪_{はくだつ}された。

   他因爲不法行爲而被褫奪醫生執照。

4. 以上_{いじょう}をもちまして会議_{かいぎ}を終了_{しゅうりょう}致_{いた}します。

   以上會議已經結束了。

5. 本日_{ほんじつ}をもちまして当店_{とうてん}は閉店_{へいてん}致_{いた}します。長_{なが}らくのご愛顧_{あいこ}をありがとうございました。

   本店今天已經結束營業了，謝謝長期以來的惠顧。

説明：雖不使用在説話者自身的行爲上，但可用在表「不畏困難，勇敢地朝某方向前進」的場合，如例1。還有，若接在表期限的詞之後時，用來宣佈某持續事物的期限，常用在公文或寒暄等，屬於較生硬的説法。

〜をものともせず（に）

接続：〔名詞〕をものともせず（に）

意味：問題にもしない。なんとも思わない。

　　　不當回事；不放在眼裡；不理睬〜。

用例：

1. 不況をものともせずに、利益を上げる企業もある。

　　不把不景氣當一回事，而賺錢的企業也有。

2. 世界経済の失速をものともせず中国高級品市場は繁盛している。

　　不把世界經濟急遽衰退當一回事，中國的高級品市場依然繁盛。

3. 天災をものともせず、その街は短期間で復興した。

　　不把天災當一回事，那條街在短時間內重建。

4. 参加者は暑さをものともせず果敢に挑戦していました。

　　參加者不畏酷暑，勇敢地挑戰。

5. 彼は周囲の反対をものともせずに意志を通した。

　　他不畏周遭的反對，貫徹自己的意志。

説明：表「完全不介意〜」的意思，為文章體。後文表「不在意嚴苛的條件，而去面對〜」的意思，後文為解決其問題的內容。可以和「〜を問題にしないで」、「〜を特に大変とも思わないで」替換。

〜を余儀なくされる

接続：〔名詞〕を余儀なくされる

意味：〜するしかなくなる。やむを得ず〜する。

不得已〜；沒辦法〜；只能〜；必須〜。

用例：

1. 駅前の拡張工事でたくさんの店が移転を余儀なくされている。

   因為車站前的拓寬工程，許多店不得不遷移。

2. 政府は、大震災の影響により離職を余儀なくされた人や他県からの避難者などの雇用確保に取り組んでいる。

   政府對於因大地震影響不得已離職的人，或從其他縣市來避難的人，將採取保證他們被雇用的措施。

3. 長引く景気の悪化から撤退を余儀なくされた。

   因為長期景氣的惡化，不得已撤退。

4. 誰からもわからない場所に、逃げることを余儀なくされています。

   必須逃離到誰都不知道的場所。

5. パスポートの更新のため、帰国を余儀なくされた。

   為了護照更新而不得已回國。

説明：表「因自然或本身無力所及的強大力量時，感到沒辦法、不得不

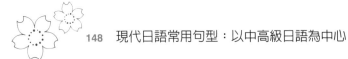

那樣做」之意，爲文章體。接在表行爲、動作的名詞之後，與
「余儀なくさせる」的立場相反。

注意点

　　與「を余儀なくさせる」做比較時，要注意「を余儀なくさせ
る」接在表動作的名詞後面，使用在引發「令人不滿意的事態」。

〜をよそに

接続：〔名詞〕をよそに

意味：〜を気にしないで

不顧〜；不管〜；不關心〜；漠視〜。

用例：

1. 両親（りょうしん）の心配（しんぱい）をよそに彼女（かのじょ）は一人（ひとり）で海外留学（かいがいりゅうがく）へ行（い）った。

   不顧父母的擔心，她隻身到海外留學。

2. 国民（こくみん）の反対（はんたい）をよそに政府（せいふ）は増税（ぞうぜい）することにした。

   不顧國民的反對，政府採取增稅措施。

3. 社員（しゃいん）の不満（ふまん）をよそに社長（しゃちょう）は社員（しゃいん）を安（やす）くこき使（つか）っている。

   不顧員工的不滿，社長低廉地任意差使員工。

4. 親（おや）の不安（ふあん）をよそに、息子（むすこ）は大（おお）はしゃぎである。

   不顧雙親的不安，兒子大大地喧鬧。

5. 彼（かれ）は国外追放（こくがいついほう）の可能性（かのうせい）をよそに不法滞在（ふほうたいざい）している。

   他不顧被流放海外的可能性而非法居留。

説明：用在「和自己本身有關的事情卻當作無關緊要」的時候。

総合練習問題

1. 彼は同じ服を三日も着＿＿＿＿＿＿＿＿だ。

2. 事業の成功を祈つ＿＿＿＿＿＿＿。

3. 若い＿＿＿＿＿＿＿＿いろいろと体験したほうがいい。

4. 努力と運が＿＿＿＿＿＿＿＿優勝できた。

5. 長引く景気の悪化から撤退＿＿＿＿＿＿＿＿＿＿。

6. 国語、数学＿＿＿＿＿＿＿＿英語は必修です。

7. 国民の反対＿＿＿＿＿＿＿＿政府は増税することにした。

8. 久しぶりに親友に会って、うれしい＿＿＿＿＿＿＿。

9. 今日は休日＿＿＿＿＿＿＿大変な人出だ。

10. 信頼関係は、一旦失った＿＿＿＿＿＿＿、昔のように戻ら

    ない。

11. たくさんの人出で、押し＿＿＿＿押され＿＿＿＿しながら、

    花火見物をした。

12. 国民は政府に失望＿＿＿＿＿＿＿＿。

13. 若者の考え方は理解し＿＿＿＿＿＿＿＿。

14. ヨーロッパ＿＿＿＿＿＿＿＿＿、世界中が不景気になっ

    た。

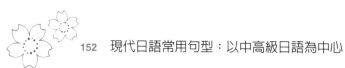

15. 不況＿＿＿＿＿＿＿＿、利益を上げる企業もある。

16. 毒＿＿＿＿＿＿＿毒を制す。

17. 金持ち＿＿＿＿＿、貧乏＿＿＿＿＿、自分なりに頑張っていくことが大切だ。

18. 医者＿＿＿＿＿＿＿、病気の原因が分かるわけはない。

19. 健康＿＿＿＿＿＿幸せだ。

20. あれだけ理不尽な言い分＿＿＿＿＿＿、誰も相手にしてくれないだろう。

21. 会社の仕事の＿＿＿＿＿＿、英会話を習っている。

22. 先生のご還暦を祝うの＿＿＿＿＿＿、同窓会を企画した。

23. 彼が帰宅する＿＿＿＿＿、雨が降り出した。

24. ホームランを打った＿＿＿＿＿、歓声が上がった。

25. 運動し始め＿＿＿＿＿、体調がよくなった。

26. その商品はアメリカ＿＿＿＿＿＿＿世界中で発売された。

27. 英語の勉強＿＿＿＿＿、洋画を見ました。

28. いくら安く＿＿＿＿＿、品質が悪ければ売れない。

29. 地震の後に津波が襲うなど、考える＿＿＿＿＿＿恐ろしい。

30. この病気が治せるのはあの医者＿＿＿＿＿＿ほかにいない。

31. まずはお手紙にて、お礼＿＿＿＿＿＿ご挨拶申し上げます。

32. 買い物の＿＿＿＿＿＿公園を散歩して帰ってきた。

33. 家に帰る＿＿＿＿＿、犬が飛び掛ってきた。

34. 大昔＿＿＿＿＿現代＿＿＿＿＿＿、火は我々の生活に役立っている。

35. その着物は色＿＿＿＿＿＿、デザイン＿＿＿＿＿＿、素晴らしい。

36. この駄菓子は昔＿＿＿＿＿＿味だ。

37. 勉強と仕事の掛け持ちで、疲れる＿＿＿＿＿＿＿＿。

38. たとえ胃が丈夫であろう＿＿＿＿＿＿過度の飲酒はよくない。

39. 世界各地で多くの天災が起こるなんて、これが地球温暖化＿＿＿＿＿＿。

40. 絶好の機会＿＿＿＿＿、単身赴任で海外へ行くことにした。

41. デパートで売っている2万円＿＿＿＿＿＿食器は高くて

手<ruby>手<rt>て</rt></ruby>が<ruby>出<rt>で</rt></ruby>ない。

42. この<ruby>老舗<rt>しにせ</rt></ruby>の<ruby>和菓子<rt>わがし</rt></ruby>は100<ruby>種類<rt>しゅるい</rt></ruby>＿＿＿＿＿＿＿＿。

43. <ruby>彼<rt>かれ</rt></ruby>は<ruby>小学校<rt>しょうがっこう</rt></ruby>の<ruby>計算問題<rt>けいさんもんだい</rt></ruby>＿＿＿＿＿＿でき＿＿＿＿＿＿。

44. <ruby>彼<rt>かれ</rt></ruby>は<ruby>帰宅<rt>きたく</rt></ruby>する＿＿＿＿＿＿、テレビをつけた。

45. その<ruby>表現<rt>ひょうげん</rt></ruby>は<ruby>面白<rt>おもしろ</rt></ruby>くない＿＿＿＿＿＿＿。

46. <ruby>子供<rt>こども</rt></ruby>＿＿＿＿＿＿、<ruby>大人<rt>おとな</rt></ruby>＿＿＿＿＿＿、ネットゲームでよく<ruby>遊<rt>あそ</rt></ruby>ぶ。

47. どこから＿＿＿＿＿＿いい<ruby>匂<rt>にお</rt></ruby>いが<ruby>漂<rt>ただよ</rt></ruby>ってきた。

48. <ruby>彼女<rt>かのじょ</rt></ruby>は<ruby>権力<rt>けんりょく</rt></ruby>のある<ruby>人<rt>ひと</rt></ruby>に<ruby>会<rt>あ</rt></ruby>った＿＿＿＿＿＿、<ruby>態度<rt>たいど</rt></ruby>が<ruby>変<rt>か</rt></ruby>わる。

49. <ruby>彼女<rt>かのじょ</rt></ruby>は<ruby>好<rt>す</rt></ruby>きなものを<ruby>食<rt>た</rt></ruby>べすぎる＿＿＿＿＿＿＿。

50. <ruby>太郎<rt>たろう</rt></ruby>は<ruby>太<rt>ふと</rt></ruby>っ<ruby>腹<rt>ばら</rt></ruby>なの＿＿＿＿＿＿、<ruby>次郎<rt>じろう</rt></ruby>はけちだ。

51. <ruby>原発<rt>げんぱつ</rt></ruby>ゼロは<ruby>無責任<rt>むせきにん</rt></ruby>＿＿＿＿＿＿<ruby>発言<rt>はつげん</rt></ruby>である。

52. <ruby>彼<rt>かれ</rt></ruby>は<ruby>漢字<rt>かんじ</rt></ruby>＿＿＿＿＿＿、<ruby>平仮名<rt>ひらがな</rt></ruby>すら<ruby>書<rt>か</rt></ruby>けない。

53. <ruby>誰<rt>だれ</rt></ruby>＿＿＿＿＿＿<ruby>母国<rt>ぼこく</rt></ruby>を<ruby>愛<rt>あい</rt></ruby>する。

54. <ruby>彼<rt>かれ</rt></ruby>は<ruby>無礼<rt>ぶれい</rt></ruby>＿＿＿＿＿＿<ruby>態度<rt>たいど</rt></ruby>で<ruby>先生<rt>せんせい</rt></ruby>に<ruby>反論<rt>はんろん</rt></ruby>した。

55. へそくりを<ruby>隠<rt>かく</rt></ruby>している＿＿＿＿＿＿<ruby>妻<rt>つま</rt></ruby>に<ruby>見<rt>み</rt></ruby>られてしまった。

56. いつから＿＿＿＿＿＿、<ruby>私<rt>わたし</rt></ruby>は<ruby>刺身<rt>さしみ</rt></ruby>が<ruby>食<rt>た</rt></ruby>べられるようにな

った。

57. 光陰矢の＿＿＿＿＿＿＿。

58. 経験者が多い＿＿＿＿＿＿何も心配は要らない。

59. 与党と野党の争いは、国全体を巻き込ま＿＿＿＿＿＿

だろう。

60. 麻薬やドラッグは健康を害する＿＿＿＿＿、死亡にも

繋がる。

61. 今では、結核＿＿＿＿＿＿は、治せる。

62. その事故は大きかったので、命が助かっただけでも幸い

＿＿＿＿＿＿。

63. 体力が衰えた＿＿＿＿＿、何もかも年のせいだとは言

えない。

64. これは人を感動させ＿＿＿＿＿作品だ。

65. 今さら悔やんだ＿＿＿＿＿始まらない。

66. 法律は守ら＿＿＿＿＿ものだ。

67. できる料理はせいぜい卵焼きと卵かけごはん＿＿＿＿。

68. 現実の厳しさは知ら＿＿＿＿＿＿＿＿。

69. 今回の人事は異例＿＿＿＿＿で戸惑っている人が多か

った。

70. プロの体操選手＿＿＿＿＿、体つきが変わってくる。

71. 狭い＿＿＿＿＿、楽しい我が家だ。

72. 彼は「ごめん」と言った＿＿＿＿＿、黙ってしまった。

73. 彼は尊敬する＿＿＿＿＿人だ。

74. 年末でお忙しい＿＿＿＿＿ご丁寧にどうもありがとうございます。

75. 命を助けてくれた医者には感謝＿＿＿＿＿。

76. この料理のすばらしさは達人の腕＿＿＿＿＿だ。

77. ここ一週間＿＿＿＿＿、仕事に追われている。

78. 日本語能力検定試験を目前＿＿＿＿＿、毎日猛勉強の日々だ。

79. 宿題が多すぎて、遊ぼ＿＿＿＿＿遊べ＿＿＿＿＿。

80. 最近の学生＿＿＿＿＿、教師に対する態度がまるでなっていない。

81. 戦争の影を今日＿＿＿＿＿引きずっている。

82. 一ヶ月も続けて残業させる＿＿＿＿＿、ひどい。

83. 年末＿＿＿＿＿、デパートではおせち料理の予約が殺到する。

84. 寒さに強い＿＿＿＿＿、すぐ風邪を引いてしまった。

85. 給料は少ない＿＿＿＿＿、遣り甲斐のある仕事だ。

86. 毎日とは言わ＿＿＿＿＿、せめて週に一回ぐらい運動

しなさい。

87. この程度の努力は言う＿＿＿＿＿ものだ。

88. 努力すること＿＿＿＿＿成功などでき＿＿＿＿＿。

89. 交渉は深夜まで及びやっと合意＿＿＿＿＿。

90. ＰＫ戦で負けるなんて泣く＿＿＿＿泣け＿＿＿＿＿。

91. 注文は電子メール＿＿＿＿、ファックス＿＿＿＿で送っ

てください。

92. 彼女の苦労は想像する＿＿＿＿＿。

93. 親であれ＿＿＿＿＿厳しいことを言うのだ。

94. 天命を知る＿＿＿＿＿人事を尽くす。

95. 彼は睡眠薬＿＿＿＿＿眠れ＿＿＿＿。

96. そのスキャンダル記事は読む＿＿＿＿＿。

97. 自業自得で同情する＿＿＿＿＿。

98. 治安が悪化する＿＿＿＿＿、政府の政策が誤りだった

ことを認めざるを得ない。

99. 先生の忠告を聞かなかった＿＿＿＿＿、失敗したの

だ。

100. 無断外泊は許す＿＿＿＿＿＿ことだ。

101. 現実＿＿＿＿＿＿行動する。

102. 結核は、治療すれば、恐れる＿＿＿＿＿＿感染症だ。

103. 目標を達成する＿＿＿＿＿＿休まずに励む。

104. 不況の中、家族旅行など望む＿＿＿＿＿＿。

105. いくら小言を言お＿＿＿＿＿＿、聞く耳がなければ意味

がない。

106. ベストセラーの小説は読む＿＿＿＿＿＿本だ。

107. 地球温暖化は、＿＿＿＿＿＿アメリカ＿＿＿＿＿＿、

全世界の問題でもある。

108. 何が起き＿＿＿＿＿＿心配する必要はない。

109. 下手でも下手＿＿＿＿＿＿懸命に頑張れば、気持ちが伝

わるものだ。

110. 君が賛成し＿＿＿＿＿＿し＿＿＿＿＿＿、決定に変わり

はない。

111. 年末に大掃除をし＿＿＿＿＿＿。

112. 関係者以外は中に立ち入る＿＿＿＿＿＿。

113. 彼女が行こ＿＿＿＿＿行く＿＿＿＿＿＿、我々は準備をす

るまでだ。

114. このレストランは味<ruby>味<rt>あじ</rt></ruby>＿＿＿＿＿＿＿＿、<ruby>値段<rt>ねだん</rt></ruby>も<ruby>安<rt>やす</rt></ruby>い。

115. もっと<ruby>早<rt>はや</rt></ruby>く<ruby>諦<rt>あきら</rt></ruby>めればいい＿＿＿＿＿＿。

練習問題の解答例

1. 彼は同じ服を三日も着っぱなしだ。

2. 事業の成功を祈ってやまない。

3. 若いうちはいろいろと体験したほうがいい。

4. 努力と運が相まって優勝できた。

5. 長引く景気の悪化から撤退を余儀なくされた。

6. 国語、数学及び英語は必修です。

7. 国民の反対をよそに政府は増税することにした。

8. 久しぶりに親友に会って、うれしい限りだ。

9. 今日は休日とあって大変な人出だ。

10. 信頼関係は、一旦失ったが最後、昔のように戻らない。

11. たくさんの人出で、押しつ押されつしながら、花火見物

をした。

12. 国民は政府に失望を禁じ得ない。

13. 若者の考え方は理解しがたい。

14. ヨーロッパを皮切りとして、世界中が不景気になった。

15. 不況をものともせずに、利益を上げる企業もある。

16. 毒をもって毒を制す。

17. 金持ちであれ、貧乏であれ、自分なりに頑張っていくことが大切だ。

18. 医者ではあるまいし、病気の原因が分かるわけはない。

19. 健康あっての幸せだ。

20. あれだけ理不尽な言い分とあれば、誰も相手にしてくれないだろう。

21. 会社の仕事のかたわら、英会話を習っている。

22. 先生のご還暦を祝うのを兼ねて、同窓会を企画した。

23. 彼が帰宅するが早いか、雨が降り出した。

24. ホームランを打った瞬間、歓声が上がった。

25. 運動し始めてからというもの、体調がよくなった。

26. その商品はアメリカを皮切りに世界中で発売された。

27. 英語の勉強がてら、洋画を見ました。

28. いくら安くたって、品質が悪ければ売れない。

29. 地震の後に津波が襲うなど、考えるだに恐ろしい。

30. この病気が治せるのはあの医者をおいてほかにいない。

31. まずはお手紙にて、お礼かたがたご挨拶申し上げます。

32. 買い物のついでに公園を散歩して帰ってきた。

33. 家に帰るや否や、犬が飛び掛ってきた。

34. 大昔から現代に至るまで、火は我々の生活に役立っている。

35. その着物は色といい、デザインといい、素晴らしい。

36. この駄菓子は昔からある味だ。

37. 勉強と仕事の掛け持ちで、疲れるといったらありはしない。

38. たとえ胃が丈夫であろうとも過度の飲酒はよくない。

39. 世界各地で多くの天災が起こるなんて、これが地球温暖化でなくてなんだろうか。

40. 絶好の機会とばかりに、単身赴任で海外へ行くことにした。

41. デパートで売っている２万円からする食器は高くて手が出ない。

42. この老舗の和菓子は100種類からある。

43. 彼は小学校の計算問題すらできない。

44. 彼は帰宅するなり、テレビをつけた。

45. その表現は面白くないといったらない。

46. 子供といわず、大人といわず、ネットゲームでよく遊ぶ。

47. どこからともなくいい匂いが漂ってきた。

48. 彼女は権力のある人に会った途端、態度が変わる。

49. 彼女は好きなものを食べすぎる嫌いがある。

50. 太郎は太っ腹なのにひきかえ、次郎はけちだ。

51. 原発ゼロは無責任極まる発言である。

52. 彼は漢字はおろか、平仮名すら書けない。

53. 誰にも増して母国を愛する。

54. 彼は無礼極まりない態度で先生に反論した。

55. へそくりを隠しているところを妻に見られてしまった。

56. いつからともなしに、私は刺身が食べられるようになった。

57. 光陰矢の如し。

58. 経験者が多いこととて何も心配は要らない。

59. 与党と野党の争いは、国全体を巻き込まないではおかないだろう。

60. 麻薬やドラッグは健康を害するに止まらず、死亡にも繋がる。

61. 今では、結核ごときは、治せる。

62. その事故は大きかったので、命が助かっただけでも幸い

といったところだ。

63. 体力が衰えたと言えども、何もかも年のせいだとは言えない。

64. これは人を感動させずにはおかない作品だ。

65. 今さら悔やんだところで始まらない。

66. 法律は守らずにはすまないものだ。

67. できる料理はせいぜい卵焼きと卵かけごはんというところだ。

68. 現実の厳しさは知らないではすまない。

69. 今回の人事は異例ずくめで戸惑っている人が多かった。

70. プロの体操選手ともなると、体つきが変わってくる。

71. 狭いながらも、楽しい我が家だ。

72. 彼は「ごめん」と言ったなり、黙ってしまった。

73. 彼は尊敬するに足る人だ。

74. 年末でお忙しいところをご丁寧にどうもありがとうございます。

75. 命を助けてくれた医者には感謝の極みだ。

76. この料理のすばらしさは達人の腕ならではだ。

77. ここ一週間というもの、仕事に追われている。

78. 日本語能力検定試験を目前に控えて、毎日猛勉強の日々だ。

79. 宿題が多すぎて、遊ぼうにも遊べない。

80. 最近の学生ときたら、教師に対する態度がまるでなっていない。

81. 戦争の影を今日に至るまで引きずっている。

82. 一ヶ月も続けて残業させるとは、ひどい。

83. 年末ともなれば、デパートではおせち料理の予約が殺到する。

84. 寒さに強いと思いきや、すぐ風邪を引いてしまった。

85. 給料は少ないとはいえ、遣り甲斐のある仕事だ。

86. 毎日とは言わないまでも、せめて週に一回ぐらい運動しなさい。

87. この程度の努力は言うに足りないものだ。

88. 努力することなしに成功などできない。

89. 交渉は深夜まで及びやっと合意に至った。

90. ＰＫ戦で負けるなんて泣くに泣けない。

91. 注文は電子メールなり、ファックスなりで送ってください。

92. 彼女の苦労は想像するに難くない。

93. 親であればこそ厳しいことを言うのだ。

94. 天命を知るが故に人事を尽くす。

95. 彼は睡眠薬なくしては眠れない。

96. そのスキャンダル記事は読むに堪えない。

97. 自業自得で同情するには当たらない。

98. 治安が悪化するに至っては、政府の政策が誤りだったことを認めざるを得ない。

99. 先生の忠告を聞かなかったからこそ、失敗したのだ。

100. 無断外泊は許すべからざることだ。

101. 現実に即して行動する。

102. 結核は、治療すれば、恐れるに足らない感染症だ。

103. 目標を達成するべく休まずに励む。

104. 不況の中、家族旅行など望むべくもない。

105. いくら小言を言おうが、聞く耳がなければ意味がない。

106. ベストセラーの小説は読むに堪える本だ。

107. 地球温暖化は、ひとりアメリカだけでなく、全世界の問題でもある。

108. 何が起きようとも心配する必要はない。

109. 下手でも下手なりに懸命に頑張れば、気持ちが伝わるものだ。

110. 君が賛成しようとしまいと、決定に変わりはない。

111. 年末に大掃除をしようと思う。

112. 関係者以外は中に立ち入るべからず。

113. 彼女が行こうが行くまいが、我々は準備をするまでだ。

114. このレストランは味もさることながら、値段も安い。

115. もっと早く諦めればいいものを。

國家圖書館出版品預行編目資料

現代日語常用句型：以中高級日語為中心／
江雯薰著．－－初版．－－臺北市：五南，
2015.08
　　面；　公分
ISBN 978-957-11-8158-5（平裝）

1.日語　2.句法

803.169　　　　　　　　　104010361

1X6V　日語系列

現代日語常用句型
以中高級日語爲中心

作　　　者 — 江雯薰

校　　　對 — 広野聡子　宮崎聡子

發 行 人 — 楊榮川

總 編 輯 — 王翠華

主　　　編 — 黃惠娟

責任編輯 — 蔡佳伶

封面設計 — 童安安

出 版 者 — 五南圖書出版股份有限公司

地　　　址：106台北市大安區和平東路二段339號4樓

電　　　話：(02)2705-5066　　傳　　　真：(02)2706-6100

網　　　址：http://www.wunan.com.tw

電子郵件：wunan@wunan.com.tw

劃撥帳號：01068953

戶　　　名：五南圖書出版股份有限公司

法律顧問　林勝安律師事務所　林勝安律師

出版日期　2015年8月初版一刷

定　　　價　新臺幣250元

（本書為103年度淡江大學外語學院重點研究計畫之子計畫）